꿈을 나르는 지하철

길 위에서 마주한 소중한 인연들에 감사하며

늦은 나이에 지하철 택배 일을 시작했다. 노인 일자리 알선 프로그램을 통해서였다. 그렇게 시작해 지하철 택배 일을 한 지 햇수로 14년째 되어간다.

'실버 택배'라고도 불리는 지하철 택배는 지하철을 무료로 탈 나이가 된 노인들이 지하철을 이용해 물건을 배송하는 서비스다. 지하철과 도보로 배송을 하다 보니 오토바이 퀵서비스나 다른 택배 서비스보다 배송 속도가 느려 하루에 3건 정도만 소화할 수 있다.
지상과 지하를 오가며 수백 미터를 걷기도 하고, 때로는 지하철을 두세 번 갈아타기도 하면서 물건을 픽업해서 목적지로 전달하는데, 사람과 사람을 이어주는 이 일이 언제부턴가 나의 소명이 되었다.

하루 대부분을 길 위에서 보내다 보니 자연스럽게 평범한 사람들을 많이 만나고 그들의 이야기를 많이 듣게 된다. 그래서 보고 들은 것들을 사진 찍고 글로 남겨 블로그에 기록했다.

처음에는 잊지 않으려고 시작한 기록이었지만, 읽어주고 공감해주는 사람들이 늘어나면서 더욱 열정을 가지고 부지런히 글을 쓰고 사진을 찍었다. 짧고 투박한 글을 읽고 공감해주는 사람들 덕분에 〈유 퀴즈 온 더 블럭〉을 비롯한 여러 방송에도 출연하고, 프랑스와 일본의 다큐멘터리에 소개되기도 했다.

이 책의 주인공은 길에서 만난 평범한 사람들이다. 만원 지하철을 타고 출퇴근하는 직장인, 자식을 위해서라면 무거운 것도 마다 않고 이고 지고 지하철 계단을 오르내리는 어머니, 자기 일처럼 발 벗고 나서서 남을 도와주는 시민들의 사람 냄새 나는 이야기를 책에 담았다.
더불어 14년 동안 배송일을 하면서 지금도 기억에 남아 있는 물건들에 얽힌 사연, 지하철로 연결되는 서울이라는 공간에 대한 단상들을 따뜻하고 아련한 추억과 함께 소환했다.

하루 1만 4천 걸음을 걷는 일이 쉽지 않았지만, 길 위에서 마주한 소중한 인연에 힘을 얻어 지하철 택배 일을 계속할 수 있었다. 바쁜 일상 속에서 지하철 택배원에게 잠시 곁을 내어준 사람들 덕분에 책이 나올 수 있어 감사하다.
지하철 택배원으로 바라본 세상은 따뜻하고 정감 넘치는 곳이다. 독자들에게 평범한 우리의 특별한 이야기가 따뜻하게 다가가길 바란다.

조왕문

차례

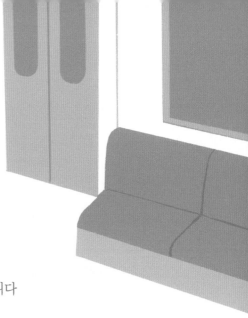

2장
손에서 손으로, 택배 왔습니다

3장
이번 역은 종각역입니다

1장

길 위에서 마주친 인연

할아버지 별꼴이에요

지하철 택배 일을 시작하고 며칠 지나지 않은 때였다. 실수 없이 정확하게 배달해야 한다는 생각에 나의 온 신경은 전화 받는 일에 집중되었다.

본사로부터 오더를 받으면 배송인과 수령인 정보를 메모하고 난 뒤 보내는 사람에게 전화를 걸어 물건 픽업 장소를 다시 한번 확인한다. 물건을 수령하고 난 후 출발할 때는 받는 분에게 도착 예정 시간을 문자로 보낸다. 그날도 쇼핑백을 받아 들고 길을 나서기 전 문자를 보냈더니 '고객에게서 전화가 왔다.

"'벨코리아'라고 쓰인 간판이 있는 데로 오시면 돼요. 건물 밖에 자전거가 많아 찾기 쉬우실 겁니다."

"네, 알겠습니다. 상호가 '벨코리아' 맞죠?"

"네, 맞습니다."

그렇게 전화를 마치고 지하철역에 내려서 '벨코리아'라는 이름의 상점을 찾기 시작했다. 당시엔 경험도 없고 길 찾는 요령도 없는 초보였기 때문에 주문 하나에도 시간이 오래 걸렸다. 분명 근처에 있어야 할 간판이 보이지 않고 시간만 흘러 문자로 보낸 도착 예정 시간이 임박했다. 초보 배달원의 속은 타들어만 갔다. 원래 사람은 긴장하면 시야도 좁아지고 잘하던 것도 놓치기 쉬운 법이다. 그날도 무척 긴장해서인지 도무지 정상적인 사고를 할 수가 없었다.

어쩔 수 없이 지나가는 아무나 붙잡고 길을 물어봐야겠다고 생각했다. 요즘엔 장소를 찾다가 못 찾겠으면 망설임 없이 주변에 물어봐서 일을 빠르게 처리하는 요령을 터득했는데, 초보가 그런 요령이 있을 리 없었다. 그래도 '못한다는 것은 내 택배 사전에 있을 수 없다'라는 마음을 굳게 먹고 주변을 둘러봤다. 한참을 둘러보니 자전거를 타고 가는 초등학교 오륙 학년가량의 사내아이가 보였다. 얼른 아이에게 다가가 물었다.

"얘야, 혹시 이 근처에 '벨코리아'라는 가게 못 봤니?"

과연 아이가 상호를 제대로 알지 의심스러웠지만, 물어볼 사람이 그 아이밖에 없었다. 아이는 타고 있던 자전거에서 내려 고개를 갸웃거리며 한참 주변을 둘러보았다. 분위기로 보아 역시나 모르는 것 같았다.

"그 가게 앞에 자전거가 많다던데….."

"… 모르겠어요 … 본 적이 없는 것 같아요."

아이는 그렇게 말하고 다시 자전거를 타고 유유히 사라져갔다. 정말 귀신이 곡할 노릇이었다. 달리 방법이 없으니 고객에게 전화를 걸어 사정을 설명하고 건물 위치를 못 찾겠다고 말할 수밖에 없었다. 당시에는 핸드폰을 능숙하게 다루지 못해 지도 기능이나 길 찾기 기능은 엄두도 못 내고 스스로에 대해 답답한 마음만 쌓였다. 자책하면서 전화하려는 순간, 아까 길을 묻고 헤어졌던 아이가 소리를 지르면서 이쪽을 향해 오고 있었다. 아이는 나를 향해 자전거를 타고 돌진해오며 "할아버지"라고 힘차게 불렀다.

"할아버지, 별꼴이에요."

'뭐, 별꼴이라고?'

숨을 몰아쉬며 내 앞에 선 아이가 한 말을 듣는 순간 머리가 하애졌다. 길 하나 못 찾는 노인이 답답해서였을까, 아니면 자전거를 가로막고 길을 물어봐서일까. 온갖 생각이 그 짧은 찰나에 머릿속을 스쳤다. 차마 입 밖으로 말을 꺼내지 못하고 그 자리에서 얼어붙었다.

"할아버지 '별꼴이에요'라니까요!"

"그러니까 내가 별꼴이라고?"

그 자리를 피하고 싶은 생각이 굴뚝 같았지만, 용기를 내어 아이에게 물어보았다. 그러자 아이가 웃으면서 손을 내저었다.

"아니요, 할아버지가 별꼴이 아니라 가게 이름이 '별.꼴.이.야.'라고요."

"별꼴이야?"

"네, 바로 저기 있어요."

아이가 가리키는 곳을 바라다보니 길 건너 2층에 정말 상호가 '별꼴이야'인 간판이 보였다. 배송받는 사람과 전화로 소통하다 보니 비슷하게 들리는 말에 혼선이 생긴 모양이었다. 당연히 '벨코리아'가 상호일 것으로 생각했던 나의 고정관념이 산산이 부서진 순간이었다.

몸에 긴장이 풀리면서 괜히 혼자 오해해 아이에게 미안해졌다.

"저기 1층이 자전거 가게인데 오늘 쉬나 봐요. 제 자전거도 저기서 샀어요."

"아, 그래서 자전거들이 안 보였구나."

"네, 그렇지 않았으면 아까 바로 알아챘을 텐데…."

아이는 내가 길을 건너 건물 입구에 다다를 때까지 건너편에서 지켜보고 있었다. 건물 입구에 도착해 손을 흔들자 아이는 꾸벅하고 인사를 하더니 주먹 쥔 손으로 엄지를 치켜세워 보이고는 사라졌다. 나는 건너편 '별꼴이야'에 도착해 무사히 배달을 완료할 수 있었다.

배달을 마치고 돌아가면서 곰곰 생각해보았다. 아무리 봐도 '벨코리아'는 그럴듯한 상호 아닌가? '나도 참 별꼴이야'라고 생각하면서 혼자 속으로 웃었다.

지하철 택배원의 초보 시절 최고의 선생님은 그 아이였다. 아이가 나에게 보여준 '엄지 척'은 완벽한 칭찬이었고, 덕분에 나는 스스로 '잘하고 있다'라고 세뇌할 수 있었다.

할아버지가 별꼴이 아니라
가게 이름이 별꼴이야.라고요.

이름은 모르지만 동료입니다

'실버 택배'라고도 불리는 지하철 택배의 주된 배송 품목은 귀금속, 서류, 보청기, 핸드폰과 같이 무게가 나가지 않고 작은 물건들이다. 그중에서도 귀금속 배송이 많은 비중을 차지하는데, 하루에도 몇 번씩 귀금속 배송 주문을 받을 때도 있다. 대한민국에서 금은보화가 가장 많이 쌓여 있는 곳, 종로3가역을 중심으로 금은방이 밀집해 있어 매일 아침 나는 종로3가역으로 출근한다.

출근은 간단하게 이루어진다. 경기도 양주 집에서부터 쭉 1호선을 타고 와서 종로3가역에서 내린 뒤, 회사에 출근했다는 문자를 남기면 끝이다. 대부분의 직장인들이 지하철에서 내려 크고 작은 건물로 들어가 각자의 자리에서 업무를 시작하는 것과는 사뭇 다른 모습이다.

형식과 절차가 생략된 다소 합리적인 출근인 셈이다.

　내 일터에는 개인 사무공간이 있는 것도 아니고, 매일 얼굴 맞대고 같이 일하는 동료는 물론 업무를 지시하는 상사도 없다. 그럼에도 나만의 루틴에 맞춰 일정한 시간에 출근하고, 지하철역에 앉아 오더를 기다리며 하루를 시작한다.

　이때 어김없이 마주치는 사람이 있다.

　"오늘도 바쁘시네요."

　내가 먼저 아침 인사를 건네자, 이내 답이 돌아온다.

　"아저씨도 나오셨네요. 너무 무리하지 마세요."

　"네, 아주머니도 오늘 잘 보내세요."

　"네~"

　유니폼 차림으로 지하철역 곳곳을 청소하는 미화원 아주머니다. 이름도 나이도 모르지만 매일같이 이 역으로 출근하다시피 하니 자주 마주쳐 마치 오랜 직장동료처럼 서로 인사를 하며 지낸다.

　아주머니와의 첫 만남의 기억은 그다지 좋지 않았다. 매일 의자에 앉아 시간만 보내는 나를 아주머니는 곱지 않은 시선으로 바라보았고, 나는 나대로 그런 아주머니가 거슬렸던 것이 사실이다. 가끔 아주머니가 심통이 나면 청소하던 걸레로 내가 앉은 의자를 툭 치고 가는 것처럼 느껴지기도 했다.

우리 둘 사이의 이런 서먹함이 사라진 데는 우연한 계기가 있었다.

여느 때처럼 나는 종로3가역에 내려서 출근 보고를 하고 나서 지하철역 한쪽에 자리 잡고 앉아 오늘 자 뉴스를 확인하고 있었다. 복잡한 출근 시간이 지난 후, 사람들이 썰물처럼 빠져나가고 난 지하철역은 언제 그랬냐 싶게 적막감이 흘렀다.

그때 한 무리의 사람들이 사라지고 조용해진 지하철역에서 발걸음을 떼지 못하고 머뭇거리고 있는 외국인 가족이 눈에 들어왔다.

말이 통하지 않을 테니 못 본 척하는 게 상책이었다. 그런 생각에 애써 외면했는데 부부 사이에 유모차가 놓여 있는 걸 보고선 모른 체할 수가 없었다.

유모차를 끌고 지하철을 이용하는 것은 커다란 도전이다. 유모차가 있다면 에스컬레이터보다는 엘리베이터를 이용하는 게 좋은데, 이또한 쉽지 않다. 엘리베이터의 위치가 미로처럼 되어있어서 엘리베이터를 타고 원하는 방향을 찾아 나가기란 보통 어려운 일이 아니기 때문이다. 복잡한 엘리베이터를 이용하다 보면 나도 모르게 길을 잃기 쉬운데 말도 안 통할 외국인 부부가 겪게 될 어려움이 눈앞에 훤히 보였다.

어렵사리 그들 앞에 다가가 말을 걸어보았다. 하지만 마음과는 달리 입에서 나온 말은 "어, 어…."가 전부였다. 그래도 눈빛이 통했는지 마침내 그들의 목적지가 5호선 '올림픽공원역'이라는 걸 알 수 있었다. 1호선을 타고 종로3가역에서 내린 그들은 여기에서 5호선으로 갈아타고 '올림픽공원역'으로 가려는 것이다. 종로3가역은 1호선과 5호선의 환승 구간이 긴 것으로 유명하고, 거기다 유모차 때문에 엘리베이터를 이용해야 하니 난이도는 두 배 상승이다.

머릿속으로 아무리 설명하려고 해도 불가능했다. 어쩔 수 없이 "컴 온" 한마디 하고선 손짓을 하니 그들도 알아들었는지 "오케이" 하면서 유모차를 끌고 따라왔다. 속으로는 '이 역은 내가 잘 아니 나만 따라와요.'라고 외쳤지만, 언어의 장벽을 뛰어넘을 수 없어서 말은 간결해지고 몸짓은 과장돼 조금은 웃긴 꼴이었다. 이렇게 최소한의 언어와 최대한의 손짓으로 유모차 속에서 세상 모르게 잠자고 있는 아이와 그 부모를 안내했다.

몇 분을 걸었을까, 드디어 5호선 플랫폼이 눈에 들어왔다. 앞장서서 걷던 나는 당당하게 플랫폼을 가리키며 외국인 부부에게 안내했다. 부부는 감격스러운 표정으로 "땡큐"를 연발하며 5호선 플랫폼으로 내려갔다. 그들이 다 내려간 모습을 확인한 후 나는 곧바로 1호선 플랫폼으로 다시 돌아왔다. 출발한 곳으로 돌아오니 쓰레기통을 비우고 있는 아주머니의 모습이 보였다. 왕복 20분 거리를 걸어 기진맥진해진 다리를 쉬게 하려고 다시 의자에 다시 앉았다. 아침부터 체력을 소모했으니 체력 안배를 잘해야 했다.

"아까 외국인들 데려다주고 오는 거예요?"

"네? 아 네, 데려다주고 왔어요."

"아이고, 아침부터 고생하셨네요. 외국인들이 엘리베이터 타는 것
도 힘들었을 텐데."

"이것도 다 오지랖이죠. 뭐…."

아주머니는 혼잣말처럼 "그게 대단한 거지."라고 중얼거리면서,
그날은 웬일인지 내가 앉은 곳을 피해 걸레질을 하곤 지나갔다. 그렇
게 우리 사이의 껄끄러움이 풀려서 그 뒤로 종종 아침에 마주치면 반
갑게 인사하는 사이가 되었다.

때론 한마디 말보다 눈빛이나 작은 행동들이 더 잘 통할 때가 있
다. 이름도 나이도 모르는 아주머니와 나는 그렇게 말보다는 행동으
로 소통하는 사이가 되었다.

사무실도 없이 온종일 혼자 일하는 나에겐 유일하게 나의 출근을
알아봐 주는 유일한 직장동료이자 안부를 챙겨주는 사람이 바로 그
아주머니다. 내일도 모레도 아주머니와 나는 짧은 인사와 안부를 주
고받으며 하루를 시작할 것이다.

내 일터에는 개인 사무공간이 있는 것도 아니고,

매일 얼굴 맞대고 같이 일하는 동료는 물론 업무를 지시하는 상사도 없다.

그럼에도 나만의 루틴에 맞춰 일정한 시간에 출근하고,

지하철역에 앉아 오더를 기다리며 하루를 시작한다.

출근길 지하철 풍경

지하철을 타고 1시간이 넘는 출근길을 오가다 보니 지하철 안에서 만나는 사람들 모습이 낯설지 않다. 종점 가까이에서 타서 1시간가량 앉아서 가는 동안 지하철 안의 풍경과 사람들 모습을 보는 것 또한 출근길의 커다란 재미다.

매일 같은 시간에 지하철을 타서 같은 칸, 같은 좌석에 앉아 가다 보니 승객 중에 얼굴이 익은 사람이 몇몇 있다. 자주 마주치다 보니 모르는 사람이지만 친밀감이 생겨, 매일 보이다가 며칠 안 보이면 나도 모르게 걱정이 되기도 한다.

'오늘은 그 사람이 안 보이네…', '지각을 한 걸까, 직장을 옮긴 걸까…'

이런저런 생각을 하다가 별걱정을 다한다며 나도 모르게 헛웃음을 짓기도 한다.

앞머리에 헤어롤을 말고 늘 같은 자리에 앉아있는 젊은 여성도 매일 만나는 사람 중 하나다.

그 여성은 지하철 안에서 대부분의 치장을 마친다. 내가 지하철을 타기 이전부터 이미 타 있었고, 내리는 걸 한 번도 본 적이 없으니 1시간이 훨씬 넘는 출근 시간을 화장하는 데 쏟고 있는 것 같다. 길고 복잡한 과정을 순서대로 꼼꼼히 하고 나서 마무리로 헤어롤을 빼는 것까지가 정해진 순서인데, 화장 이전과 이후 모습이 몰라보게 달라진 것을 보며 깜짝깜짝 놀라기도 한다. 한참을 거울을 들여다보며 한 치의 흐트러짐도 없이 완벽하게 해내는 모습이 감탄스럽기까지 하다.

1시간이 넘는 출근 시간을 꾸벅꾸벅 졸거나 무료하게 보내는 것에 비하면 얼마나 효율적이고 생산적인가. 일분일초를 쪼개 쓰며 완벽하게 준비된 상태로 지하철을 나서는 그녀의 모습은 또 얼마나 신기한지….

매일 마주치는 사람 중 맞은편에 앉아서 독서에 열중하던 청년의 모습도 기억에 남는다. 열이면 열 핸드폰을 보고 있거나 졸고 있는 사람들 사이에서 유일하게 책을 읽고 있는 그 청년이 나의 시선을 잡아끌었다.

어느 날인가는 청년이 바로 옆자리에 앉아서 가는 바람에 책 제목을 들여다볼 기회가 있었다. 놀랍게도 청년이 읽고 있던 책은 니체의 철학이었다. 책이라고 해야 젊은이들이 즐겨 읽는 경제서나 자기계발서 정도일 줄 알았는데 아침 출근 시간에 철학책을 읽는 청년이라니. 단정한 모습으로 매일 책을 꺼내 읽고 있는 청년을 다시 보게 되었다.

출퇴근 시간이 길면 아무래도 더 피곤할 수밖에 없는데 틈틈이 독서를 하려고 마음먹기란 쉽지 않을 것이다. 청년을 따라 나도 출퇴근 시간에 뭐든 읽어볼까 했지만 금방 눈이 침침해져서 매일 실천에 옮기지는 못했다.

지하철 안에서 마음대로 책을 읽을 수 있다는 사실이 부럽다는 생각이 들면서, 새삼 나이에 대해 생각하게 되었다. 나이란 그런 것이다. 젊어서는 아무 생각 없이 하던 것조차 힘들고 불가능해져서 망설이게 되는 것이다.

아침 시간, 그렇게 몇 개의 역을 더 지나면 점차 승객들이 많아져서 더 이상 맞은편에 앉은 사람이 보이지 않을 정도가 된다. 그때쯤 되면 앉아서 사람들을 관찰하던 나의 한가로운 취미 시간은 끝이 난다. 대신 콩나물시루처럼 꽉 찬 지하철 안으로 한 발을 들이밀며 출근길 지하철에 몸을 싣는 직장인들을 보며 또 다른 긴장감을 느낀다.

시니어 핸드폰 일타 강사

"혹시 이거 어떻게 하는지 알아요?"

출근 보고를 하고 종로3가역 대합실 의자에 앉아 핸드폰으로 뉴스를 보고 있는데, 내 또래로 보이는 노인이 핸드폰을 내게 들이밀곤 말을 걸어왔다. 아마 내가 폰으로 이것저것 능숙하게 하는 걸 보고 용기를 낸 것 같다.

"뭐 말입니까?"

"아니, 보니까 이걸로 요래조래 잘하길래… 손주한테 문자를 좀 보내고 싶은데….."

나는 고개를 들어 그 사람을 한번 쳐다보고는 대답을 했다.

"여기 앉아봐요."

머리가 반백이 다 된 남자가 쭈뼛거리며 의자에 앉더니 핸드폰을 덜컥 내 손에 쥐여준다. 그러고선 정작 본인은 뒤로 빠지길래 얼른 그의 손을 잡고 바로 옆으로 당겨 앉았다. 그러자 당황했는지 헛기침을 해댄다.

"아저씨가 배워서 앞으로 손주한테 문자를 보내야지요!"

"그거 난 어려워서 못 해요. 그냥 '응'이라고 한 마디만 보내줘요."

"하나도 안 어려워요. 보세요, 내가 알려줄게."

야단치듯 몰아세우니 그제야 말꼬리를 잡지 않았다.

그 사람의 핸드폰을 보니 흠집 하나 없이 깔끔한 게 평소에 전혀 사용하지 않는 게 분명했다. 역시나 문자 메시지 함에 들어가니 받은 문자만 가득했고 보낸 문자는 하나도 없었다. 분명 자식들이 새 핸드폰을 사주고 문자 보내는 법을 알려줬을 텐데도 어렵다는 생각에 듣는 둥 마는 둥 했을 것이다. 내가 옆에서 닦달하니 그제야 못 이기는 척 고개를 길게 빼고는 핸드폰 화면을 쳐다보았다.

"손주가 문자를 보냈나 봐요?"

"네, 이제 학교 들어가서 제 아빠가 핸드폰을 사줬거든요."

무뚝뚝하던 노인의 입가에 미소가 걸린다. 그 모습을 보니 이 사람

3월 25일 목요일

이쁜 손주

할아버지
오늘 내가 골 넣었어요!!

3월 28일 일요일

이쁜 손주

할아버지 보고싶어요 ♥

3월 30일 화요일

이쁜 손주

엄마한테 혼났어요ㅜㅜ

응

밥 마니 머거

도 역시 누군가의 아버지이고 할아버지라는 게 느껴졌다. 문자 메시지 함을 채우고 있는 건 대부분 스팸 문자였고, 간간이 보내온 손주의 문자가 전부였다. 약 3개월 전부터 시작된 일방적인 문자는 손주가 할아버지한테 보내는 일기에 가까워 보였다.

'할아버지, 오늘 내가 골 넣었어요.'부터 시작해서 엄마한테 혼났다, 할아버지 보고 싶다 등등, 짧지만 보고 있어도 기분 좋아지는 손주의 메시지들이었다. 내가 문자를 확인하고 있자 옆에서 노인이 말을 거들었다.

"아니, 손주 녀석한테 할아버지 문자 모른다고 보내지 말라 해도 하도 저러니, 내가 답답하지."라고 투덜거리면서 괜히 신발 앞코를 툭툭 바닥에 찬다. 나는 순서대로 하나씩 자음과 모음을 조합해서 글자를 만드는 법을 알려주고, 손주에게 '응'이라고 보내보라고 시켰다. 그랬더니 화면에 조금 느리지만 '응'이라는 단순한 조합을 금방 만들어 낸다.

"뭐야, 별거 아니네!" 하고선 곧바로 더듬거리며 문자를 치기 시작했다. 이번에는 내가 도와주지 않고 옆에서 지켜만 봤다. 완성된 문장은 '밥 마니 머거'였다. 그렇게 보내도 손주가 할아버지의 말을 이해하는 데 문제는 없을 것 같아서 별다른 지적은 하지 않았다. 시작만 어렵지 한두 번 직접 해보면 어느 순간부터 정확하게 문자를 주고받을 수 있을 것이다.

나도 처음에는 이런 걸 알아서 뭘 하나 싶었고, 문자 치는 게 귀찮아서 다짜고짜 전화부터 하는 게 습관이었는데, 전화는 상대방이 그 시간에 받지 못하면 소용이 없었다. 그렇다고 연락을 안 할 수는 없어서 답답한 마음에 이 사람 저 사람한테 물어보곤 했다.

우리처럼 나이가 많은 사람들은 누군가 직접 가르쳐주지 않으면 새로운 것들을 배울 수가 없다. 그래서 공원이나 대합실에 앉아서 내 또래들을 만나면 적극적으로 핸드폰 사용법을 가르쳐준다.

이 나이에 무언가를 배운다는 건 걸음마를 떼는 것과 비슷하다. 우리 자식들이 막 걸으려고 애쓸 때 행여 넘어질까 봐 옆에서 지켜보고 잡아준 것처럼 누군가의 도움 없이 시작하기 힘들다. 그렇게 한 발 한 발 휘청거리면서 배워가면 느리더라도 혼자서도 잘 해낼 수 있게 된다.

"근데, 이 문자 보내는 화면은 어떻게 생겨요?"

옆자리에서 신나게 문자를 보내던 노인이 새로운 질문을 해왔다. 하나를 해결하니 또 모르는 게 보이기 시작한 것이다. 차근차근 시범을 보이며 여러 가지 화면을 오고 가는 법을 보여주면서 핸드폰 문자 보내기 강사의 강의는 끝이 났다. 걸음마를 막 떼기 시작한 그 사람에게 이제 핸드폰은 새로운 세계가 되어줄지도 모르겠다. 더군다나 모든 게 디지털화되는 세상에서 홀로 외딴섬처럼 고립되기 쉬운 이들에게 무엇보다 든든한 역할을 핸드폰이 해줄 것이라고 믿는다.

자식들이나 손주들이 커갈 때의 모습을 보면 늘 처음이 어렵지 어느덧 한 걸음 떼고 나면 훨훨 자기만의 세상을 날아다니는 걸 발견할 수 있었다. 어린이든 노인이든 끊임없이 배우려는 태도는 나이에 상관없이 누구에게든 날개를 달 기회를 만들어줄 것이다.

삼각김밥은 번역기를 타고

겨울 초입에 들어서면 찬 바람에 손끝과 발끝이 시리기 시작한다. 택배원은 밖에 있는 시간이 많아 남들보다 일찍 방한복을 챙겨 입지만, 그래도 아침저녁으로 찬 공기가 옷을 뚫고 들어오는 게 느껴진다. 이럴 때는 편의점에 들러 컵라면과 삼각김밥으로 점심을 때우며 몸을 녹이곤 한다.

그날도 찬바람에 몸이 으스스한 게 혹시 감기라도 걸릴까 걱정되어 편의점으로 향했다. 예전에는 편의점 안이 협소해서 음식을 먹기가 불편했는데, 요즘은 테이블을 따로 마련해놓은 곳도 많아 편의점에서 쾌적하게 식사도 할 수 있다.

몸도 녹일 겸 편의점 안으로 들어서니 몇몇 사람이 일자로 길게 늘어선 테이블에 앉아 창밖을 내다보며 조용히 점심을 먹고 있었다. 나도 얼른 먹을 걸 사서 한 자리를 차지했다.

컵라면에 따뜻한 물을 붓고 면이 퍼지는 동안 삼각김밥 포장을 열고 한입 입에 넣었다. 삼각김밥을 먹으며 창밖으로 추위를 피해 종종걸음으로 걸어가는 직장인들을 구경하고 있는데 옆에서 아주 서툰 한국어가 들려왔다.

"괜찮아요?"

뭐가 괜찮은 건가 싶어 고개를 들어 쳐다보니 키가 아주 큰 외국인 청년이 멋쩍은 웃음을 지으며 내 옆자리 의자를 가리켰다. 자리가 없어서 옆에 앉아도 괜찮겠냐고 물어보는 것 같았다. 나 역시 멋쩍게 웃으며 고개를 끄덕였다. 2미터는 족히 되어 보이는 외국인에게 의자가 작은 것 같아 걱정하며 지켜봤는데, 몸을 몇 번 비틀더니 완벽하게 테이블과 의자 사이로 몸을 집어넣었다. 그 모습이 우습기도 했지만 사람 면전에서 대놓고 웃을 수 없어서 속으로 웃음을 참았다. 그런 나를 보고 외국인이 눈을 찡긋하더니 내가 들고 있던 삼각김밥을 가리키며 말을 걸어왔다.

"이거 맛있어요?"

나도 짧은 영어라도 해서 대답을 해주고 싶었지만, 영어를 모르니 답답해서 말 대신 행동이 커져버렸다. 이번에도 내가 고개를 끄덕이자, 외국인 역시 "음… 음…" 하면서 이것저것 설명해 보려고 했지만, 대화가 통할 리 없었다.

어색한 침묵만 흐르는 동안 컵라면이 먹기 좋게 퍼져 후후 불어가며 한 젓가락을 뜨려는 순간, 옆자리에서 외국인 청년이 핸드폰에 번역기 화면을 내 쪽으로 보여주었다.

'김밥 포장 벗기는 방법을 가르쳐줄 수 있나요?'

짧은 한마디 화면 뒤에 청년의 기대 가득한 얼굴이 겹쳐 보였다. 이번엔 나도 고개를 끄덕이는 대신에 핸드폰으로 '당연하죠'라고 써서 영어로 번역해 보였다.

어떤 말로 번역이 되었는지 잘 모르지만, 청년이 벌떡 일어나 성큼성큼 걸어가더니 나와 똑같은 삼각김밥을 사 와서 자랑하듯 보여준 걸 보면 번역에 문제는 없었던 것 같다. 청년이 가져온 삼각김밥을 들고 천천히 순서대로 방법을 알려줬다. 이때까지 그렇게 삼각김밥을 먹으면서도 포장 벗기는 방법이 어렵다고 느낀 적이 없었는데, 생소한 외국인에게는 낯설어 보였을 것이다. 차근차근 가운데 부분을 잡아서 포장을 풀고 오른쪽으로 살살 당기고, 나머지를 왼쪽으로 당기면 끝인 아주 간단한 시범이었다.

'짜잔' 하고선 포장을 벗긴 삼각김밥을 건네주었더니, "오~ 굿!"이라고 내가 알아들을 수 있는 감탄사를 마구마구 해대었다. 마치 엄청 대단한 걸 해준 것처럼 과한 칭찬에 쑥스러웠지만 왠지 모르게 뿌듯한 감정이 든 것도 사실이었다. 내가 언제 또 이런 칭찬을 받아봤나 생각하니 삼각김밥이 더없이 소중하게 보였다.

　내가 잠시 감상에 빠져든 사이에 게 눈 감추듯 두 입 만에 삼각김밥을 다 먹은 청년은 벌떡 일어나 새로운 삼각김밥을 사 왔다. 그렇게 우리 둘은 핸드폰을 사이에 두고 화면 안에서 대화를 이어갔다.

"이번에는 내가 도전해볼게요."

"내가 보여준 것처럼 천천히 하면 돼요."

누가 우리의 모습을 보았다면 무슨 대단한 일이라도 하는 걸로 착각할지 모르지만, 그 순간 우리 두 사람은 꽤나 진지하게 삼각김밥을 대하고 있었다. 완벽하게 포장만 벗겨지지 않고 끄트머리 김이 뜯겨나가 흰 밥이 드러난 삼각김밥을 맛있게 먹을 수 있었다.

"김밥을 좋아하나 봐요?"

"네, 드라마에서 자주 봐서 먹고 싶었어요."

"서울엔 놀러 왔어요?"

"혼자 여행하러 왔는데, 모두 너무 친절해요. 당신도 그렇고요."

"서울이 좋다니 다행이네요."

"선생님, 당신 덕분이에요!"

이름도 나이도 국적도 모르는 청년에게 삼각김밥 벗기는 걸 알려주고 선생님 소리까지 듣다니… 부끄러웠지만 기분은 좋았다.

그 외국인 청년과 더 이상 이야기 나눌 시간이 없어서 남은 컵라면을 후딱 먹고는 편의점을 나섰다. 내가 일어서자 청년이 또 한 번 엄지를 치켜세워줘 이번에는 나도 "땡큐"라고 화답했다. 컵라면에 삼각김밥이 전부인 점심이었지만, 그날만큼 속이 든든하고 따뜻한 식사는 또 없을 것이다.

김밥 포장 벗기는 방법을 가르쳐줄 수 있나요?

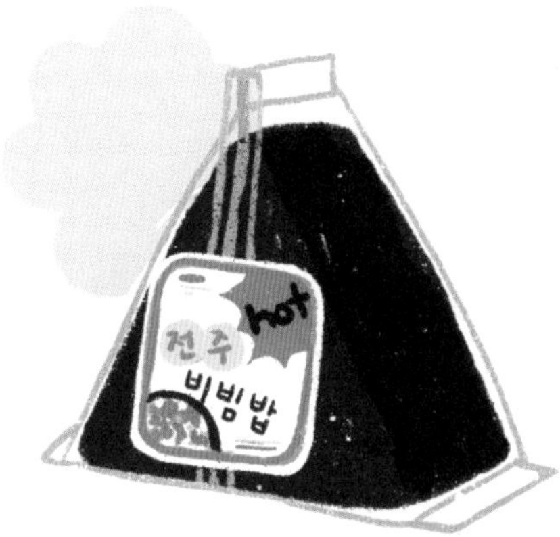

퇴근길, 누가 치킨 냄새를 풍겼나!

밖에서 일하는 사람에게 겨울은 유독 혹독하다. 두꺼운 패딩과 장갑, 방한용 모자로 단단히 무장한 채 집을 나서도 추운 날씨에 손끝과 발끝이 오그라드는 것 같다.

몸을 움직이면 그나마 낫지만, 지하철역에 앉아 오더를 기다리는 시간은 고통스럽기까지 하다. 그런 날은 차라리 순환선인 2호선을 타고 다니며 기다리는 게 낫겠다는 생각이 든다.

겨울 한파는 육체적으로 힘이 들 뿐만 아니라, 정신적으로도 일하기 싫은 마음을 자극해 굼뜨고 게을러지게 만든다. 아침에 일어나 출근 준비를 하려면 몸은 천근만근이고, 따뜻한 이불 속에 계속 누워 있고 싶은 마음이 굴뚝같다. '가야지, 일하러 가야지'를 수십 번 속으로 되뇌고 겨우 움직여 출근 준비를 한다.

그렇게 힘겹게 출근길에 나서서 온종일 추위와 씨름하다 보면 평소보다 일찍 허기가 진다. 그런 날 서둘러 퇴근을 재촉하는 데는 배가 고픈 이유가 크다. 먹을 욕심이 없는 사람이지만, 퇴근길 지하철에 앉아있으면 머릿속으로는 따스한 온기의 집밥이 떠오른다.

그날도 어김없이 추위에 녹초가 되어 지하철에 몸을 싣고 퇴근하는 중이었다. 따뜻한 지하철에 앉아있으려니 몸이 노곤해져서 잠이 몰려온다. 어차피 1시간 가까이 가야 하는 길이라 눈을 감고 지하철에 몸을 맡긴다. 막 잠이 들려는 순간 코끝으로 들이마신 공기에 치킨 냄새가 스친다. 배가 고픈 나머지 잘 못 맡았나 싶어 다시 한번 집중해서 공기를 들이마신다. '킁킁, 아무래도 이건 치킨인데' 싶어서 궁금증에 졸음을 쫓고 눈을 떠 앞 사람을 바라봤다.

아니나 다를까, 내 앞에 서 있는 중년남성의 손에 포장된 치킨 봉지가 들려 있었다. 회식을 했는지 술기운이 도는 듯한 모습으로 다른 한 손으로 손잡이를 꼭 잡고는 몸이 늘어져 휘청거리고 있었다. 퇴근길 만원 지하철에 풀풀 풍기는 치킨 냄새를 견뎌내기란 여간 고역이 아니다. 주변을 돌아보니 몇몇 사람들은 냄새의 근원을 찾으려는 듯 두리번거리기도 했다. 방금까지 쏟아지던 졸음에 몸을 맡겼었지만 더 이상 잠이 오지 않았다. 눈앞에서 대롱거리는 치킨 봉지를 보자니 더욱 허기가 져서 아내에게 연락해 당장 치킨을 시켜놓으라고 할까 싶은 생각이 들었다.

'저 사람은 오늘이 월급날인 걸까?'

예전에는 월급날이면 한 손에 맛있는 걸 사가지고 집으로 향했었다. 월급날이 아니어도 저렇게 술에 거나하게 취한 날엔 손에 무엇인가가 들려 있었다. 그게 주로 치킨이었고 가끔은 족발이거나 붕어빵 같은 것이기도 했다.

혼자만 맛있는 걸 먹기에 미안한 마음을 치킨 봉지에 담아 집에 가져가지만, 대개는 너무 늦게 집에 도착하는 바람에 식탁 위에는 다 식은 치킨이 펼쳐져 있기 일쑤였다. 가끔은 술에 취해 자는 아이들을 깨우면 선잠이 깬 아이들은 졸린 눈을 비벼가며 따뜻한 치킨을 맛있게 먹었다.

그러면 된 것이다. 고단한 하루가 사라지고 가족에게 맛난 걸 사다 먹였다는 뿌듯함과 행복감만 남는 것이다. 내가 이 모습 하나 보려고 그랬지….

술에 취한 남자는 내가 내리기 위해 일어서자 조용히 치킨을 품에 안고는 내가 앉았던 자리에 앉았다. 그 열차 칸에 탄 사람들은 계속해서 치킨 냄새에 공격당했을 것이다. 몇몇은 마지못해 집에 가는 길에 치킨을 사 들고 가지 않았을까.

해가 져서 더 싸늘해진 밤공기에 서둘러 발걸음을 재촉했다. 집에 들어서자 집밥 냄새가 나를 반겼다. 아내와 둘이 마주 보고 앉아 저녁 식사를 하면서 오늘 있었던 일을 들려주었다.

"오늘 오는 길에 술에 취한 사람이 치킨을 들고 지하철을 탔어…."

"그 사람 월급날인가 보네…."

"그럴지도 모르지."

강남역 껌 파는 할머니

일주일이면 두세 번은 들르게 되는 곳이 2호선 강남역이다. 늘 익숙한 공간이지만 그날따라 뭔지 모를 허전함에 뒤돌아보기를 몇 번, 끝내 이유를 찾지 못하고 배송 때문에 발걸음을 재촉했다.

그리고 며칠 뒤 다시 강남역에 갔다. 계단을 지나면서 허전함의 정체를 알게 되었다. 아무 생각 없이 5번 출구 쪽의 계단을 오르는 순간, 그곳이 원래 껌 파는 할머니의 자리였다는 데 생각이 미쳤다.

강남역 계단 앞에서는 나이가 지긋하신 할머니가 하루도 빠짐없이 껌을 들고 지나다니는 행인에게 팔고 있었다. 예전만큼 사람들이 껌을 찾지 않으니 늦은 시간에도 바닥에 늘어놓은 껌이 줄어들지 않았다.

그래도 할머니는 눈이 오나 비가 오나, 궂은날이나 무더운 날이나 어김없이 그 자리를 지켰다. 나 역시 어쩌다 강남역을 지나는 길에는 꼭 할머니를 마주쳤다. 그럴 때면 거스름돈으로 받아 고이 접어둔 지폐를 꺼내 껌 한 통을 받아들고는 가방 안에 밀어 넣었다. 내 가방 안에는 그렇게 거스름돈과 맞바꾼 껌 몇 통이 들어있었다.

그날도 바삐 지나쳐 가려다가 색다른 풍경에 발걸음을 멈췄다. 껌 할머니가 웬 청년과 함께 지하철 계단에 다정하게 앉아서 악보를 보면서 무슨 노래인가를 부르고 있었다. 가까이 다가가서 보니 찬송가가 프린트되어있는 악보였다. 두 사람의 노래가 끝나고 청년에게 다가가 말을 걸어보았다. 두 사람이 어떤 사이냐고 물으니 청년이 대답했다.

"특별히 인연이 있는 것은 아닌데, 매일 이곳에 계시니까 여유 있을 때 이렇게 찾아와 노래 한 번 같이 부르고 그러는 거죠."

청년의 이야기에 따르면, 언젠가 강남역에 교회 청년들과 찬양 전도를 나왔다가 할머니를 만나게 되었다고 한다. 남녀 중창단이 기타 반주에 맞춰 부르는 경쾌한 노랫소리가 흥에 겨우셨는지, 옆에서 지켜보고 계시던 할머니가 "나도 좀 가르쳐달라"고 하면서 인연을 맺게 되었다는 것이다.

그 후로 청년은 시간 날 때마다 찬송가 가사를 프린트해와서 할머

니에게 가르쳐드리고 있다고 했다. 청년의 인상은 서글서글하니 보기
좋았다.

강남역을 오가는 사람들에게는 할머니에 대한 기억들이 조각조각
남아 있는 것 같았다. 언젠가는 손녀딸 같은 손님과 마주 앉아 한참
이야기꽃을 피우고 있는 모습을 보기도 했고, 근처 지하상가 점원이
할머니에게 뭔가를 보여주며 열심히 설명을 하고 있기도 했다.

그렇게 할머니는 강남역과 하나가 되어 강남역을 오가는 사람들
의 기억에 자리하고 있었다.

하루는 강남역에 배달을 마치고 퇴근하려던 길에 할머니와 마주
했다. 그날따라 할머니의 안색이 어두워 보이고 몸은 더 왜소해진 것
같았다. 고개를 숙여 바닥에 펼쳐져 있던 껌 몇 통을 집어 들고는 처
음으로 할머니에게 말을 걸었다. 내 말 속에 걱정스러운 마음이 묻어
있었다.

"매일 늦게까지 장사하시는 게 힘들지 않으세요?"

"힘들어도 해야지. 사람 사는 건 비슷비슷해."

강남역 5번 출구 아래 계단에서 바라보는 각양각색의 사람들 모
습이 할머니의 눈에는 다 그만그만하고 어슷비슷하게 보였던 모양이
다. 어쩌면 그 나이가 되어서야 비로소 터득하게 된 깨달음인지도 모

르겠다.

딱히 뭐라고 대답할 말이 없어서. 거스름돈으로 받은 돈을 통에 넣고는 돌아서 집으로 향했다. 걸을 때마다 껌들이 가방 안에서 서로 부딪히는 게 느껴졌다.

강남역 껌 파는 할머니는 하나의 대명사처럼 되어 그곳을 오가는 사람들의 기억 속에 한 자리씩 차지하고 있었다.

그리고 이제는 그 자리에 아무도 없다. 할머니가 매일 나와 앉아서 껌을 팔던 자리가 언젠가부터 계속 비어 있어서 이상하다 생각하며 지나곤 했다. 하루는 걱정스러운 마음에 옆 상가 주인에게 물어보았더니 얼마 전에 돌아가셨다고 했다.

할머니 소식을 들은 많은 사람들이 계단에 꽃을 놓고 가기도 하고 편지를 써놓고 가기도 했단다.

하루도 어김없이 자기 몫의 삶을 성실히 살아낸 강남역 껌 파는 할머니. 바삐 오고 가는 사람들을 묵묵히 지켜보며 강남역의 상징으로 자리 잡은 그의 모습은 그 길을 거쳐간 수많은 이들의 마음속에 늘 자리하고 있을 것이다.

내 자식 같은 남의 자식

평일 낮의 지하철은 조용하다 못해 특유의 삭막함마저 감돈다. 역에 도착해서 타고 내리는 이들의 부산스러움이 잠시 휩쓸고 지나가면 기차 안은 또다시 차분해져서 저마다의 시간이 흐른다. 말없이 핸드폰 화면만 쳐다보는 사람, 지그시 눈을 감고 생각에 잠긴 사람, 작은 움직임이라도 있을라치면 눈으로 따라가며 이 사람 저 사람 관찰하는 사람….

젊은 사람들은 대부분 이어폰을 끼고 핸드폰 화면에 시선을 고정한 채 주변의 움직임에 아랑곳하지 않는다. 그런 젊은이들은 옆에 앉아있어도 어떤 음악을 듣는지 전혀 알 수 없다.

가끔은 희미하게 노랫소리가 새어 나오던 옛날 이어폰이 그리울

때도 있다. 은은하게 들리던 노랫소리에 덩달아 리듬을 타며 끄덕이다 옆 사람과 눈이 마주쳐 멋쩍게 웃음 짓던 기억도 이제는 지나가버린 추억의 한 장면이다.

옛날 지하철과 다르게 조용하고 삭막해진 지하철에서 더 이상 유쾌하거나 기분 좋은 소리는 없는 것처럼 느껴진다. 나 역시도 지하철을 타면 벨 소리를 아주 작게 줄이고 가능한 한 조용히 타고 가려고 하는 게 습관이 되었다.

"어머, 너무 예쁘다."

조용한 열차 안에 정적을 깨뜨리듯 한 아주머니의 목소리가 들렸다. 서류 배송을 가던 길이었는데 빈자리가 없어서 서서 가던 중이었다. 고개를 돌려 쳐다보니 젊은 엄마가 갓 돌이 안 돼 보이는 아기를 유모차에 태우고 방금 지하철을 탄 것이다. 아주머니의 한 마디에 열차 안에 있던 사람들의 눈이 일제히 유모차에 쏠렸다.

유모차에 타고 있던 아기는 무슨 일인가 싶어 동그래진 눈으로 자신을 쳐다보는 사람들을 관찰하고 있었다. 쏟아질 것같이 큰 눈망울에 오동통한 볼살까지 너무 귀여운 모습에 인형은 아닌지 계속해서 쳐다보게 될 만큼 예쁜 아가였다.

"눈에 넣어도 안 아프겠어요."

지켜보던 내가 아기 엄마에게 한마디 건네자 옆에 다른 승객들도 고개를 끄덕이며 저마다 한마디씩 했다.

"어떻게 이렇게 예쁘지?"

"몇 개월이에요? 진짜 인형 같아요."

문득 생각나서 뭐라도 쥐어줄 게 없을까 가방을 뒤적거리자, 아기 엄마가 갑작스러운 관심에 부담스러운 듯 얼굴이 상기된 채 괜찮다고 손사래를 쳤다.

"괜찮아요. 덕분에 제 딸이 오늘 엄청나게 사랑받네요."

아기가 똘망똘망한 눈으로 사람들을 쳐다보더니 자기가 많은 사람들에게 사랑받고 있다는 걸 아는지 배시시 웃으며 기분이 좋아 엉덩이를 들썩거린다. 그 모습이 재미있고 사랑스러워서 지하철 안은 더 커다란 웃음소리가 넘쳐흘렀다.

요즘 어디를 가도 아기 울음소리 듣기가 하늘의 별 따기만큼이나 어려운 일이 되었는데, 작디작은 저 아기가 낯 모르는 승객들을 하나로 웃게 만들다니….

그때 머리가 하얗게 센 한 할머니가 저 멀리서 일어나 유모차를 향해 걸어왔다. 유모차 주변을 작게 에워싼 사람들 틈을 비집고선 아기 엄마의 손을 덥석 잡으며 말했다.

"왜 그렇게 서 있어. 애 엄마가 얼마나 힘든데, 저기 가서 앉아."

투박한 말투로 다그치듯 아기 엄마를 자기가 앉아있던 자리로

끌고 가다시피 했다. 주변에서 아기를 구경하던 사람들이 꿀 먹은 벙어리처럼 아무 말도 못 한 채 자리를 비켜주고 유모차를 대신 끌어주었다.

"자기 몸도 챙겨가며 아기를 돌봐야지. 자리가 없으면 비켜달라고 하던가."

그 할머니는 자리 위에 놓았던 자기 가방을 치우고는 아기 엄마를 앉히고 무심하게 다른 칸으로 향했다. 너무나 귀여운 아기에 열중한 나머지 아기 엄마의 고단함을 배려하지 못한 마음들이 어색한 침묵을 이어갔다. 할머니에겐 귀여운 아기의 모습보다 더운 날씨에 유모차를 끌고 길을 나선 아기 엄마의 고단함이 눈에 들어왔을 것이다.

살아온 세월이 깊을수록 눈에 보이는 것들이 많은 법이다. 자식을 낳으면 부모를 이해하게 되고 손주가 태어나면 더 큰 사랑을 이해되는 것은 어찌 보면 자연스러운 생의 모습이 아닐지. 겪어보기 전까지 모르는 것투성이라는 사실이 하나의 깨달음처럼 다가오지만, 배우고 이해하는 데 늦을 때란 없다. 깨닫고 나서도 하지 않는다면 후회만 남는다.

　　그러니 생각났을 때 부모님에게 연락 한 번 해보길 바란다. 지나고 나면 그리움이 후회로 남기 때문이다.

뽀로로가 맺어준 인연

서울역에서 의정부행 1호선 열차를 타려고 안전문 앞에 서 있었다. 평일 어중간한 오후 시간대의 지하철은 한산했다. 다들 귀에 이어폰을 꽂고 구석진 곳에 자리를 잡고선 각자 탈 기차를 기다리고 있었다. 그때 KTX 승차장과 연결되는 통로 쪽에서 남자아이의 웃음소리가 들렸다. 그리곤 한 사내아이가 뛰어나오더니 1호선 열차를 기다리는 내 옆에서 발걸음을 멈췄다.

엄마와 아이의 모습을 보고 방금 KTX에서 내렸다는 걸 알 수 있었다. 아이의 등에는 자그마한 천 배낭이 메어 있었고, 아이 엄마는 어깨에 커다란 가방을 메고 손으로는 캐리어를 밀고 있었다. 방금 지방 어디에서 서울에 도착한 모자는 1호선 전철을 타러 이곳에 온

것일 터였다.

"할아버지 뽀로로 알아요?"

처음 본 사람에게 맹랑하게 질문을 하는 아이는 낯가림도 없이 꽤 활기차 보였다. 아이가 들이민 캐릭터를 본적은 있었다. 하지만 그것이 '뽀로로'로 불리는지는 몰랐고, 그것이 펭귄인 줄은 더더욱 몰랐다.

"뽀로로가 뭐야?"

내가 반문했더니 아이가 그것도 모르냐며 고사리같이 작은 손으로 자기 덩치만 한 뽀로로 인형을 가지고 종알거리기 시작했다.

이제 갓 서너 살밖에 안 돼 보이는 아이의 말을 제대로 알아들었을 리 없다. 그 또래의 아이들에게는 자기만의 언어가 있지 않은가. 그래서 대충 알아듣는 척하며 고개만 끄덕여 맞장구를 쳐줬다. 뒤쪽에 서 있던 아이의 엄마는 한 손으로는 캐리어를 잡고 다른 한 손으로는 핸드폰을 든 채 통화에 열중했다. 아이는 바쁜 엄마를 대신해 나를 놀이 상대로 정한 듯했다.

"할아버지 뽀로로 좋아해요?"

아이의 물음에 차마 아니라고 할 수 없어서 그냥 고개만 끄덕였다.

청량리행 열차를 몇 대 보내고 나니 전 역에서 의정부행 1호선 열차가 출발했다는 안내 방송이 나왔다. 오늘은 삼복더위에 지쳐 집에 들어가서 푹 쉴 생각으로 평소보다 일찍 퇴근하기로 했다. 옆에서 조잘거리며 자신의 인형을 소개하던 아이에게도 이제 작별 인사를 해야 했다.

아이에게 말을 걸기 위해 몸을 숙이고 눈높이를 맞추었다.

"꼬마야, 엄마랑 어디 가는 길이니?"

"할머니 집에 가요."

아이는 뭐라고 더 얘기했지만, 아이 특유의 새는 발음과 엉뚱한 설명에 알아들을 수 없었다. 아이의 엄마는 전화 통화를 하면서 짐가방에서 짐을 찾느라 더 분주해 보였다.

그때 의정부행 1호선 열차가 플랫폼으로 들어왔다. 늦은 오후의 1호선 전철은 비록 출퇴근 시간의 번잡함에 비할 바는 아니지만 빈자리가 없을 정도로 사람이 차 있었고, 내리는 사람과 타는 사람이 뒤섞이며 혼잡스러웠다.

1호선을 타고 오랫동안 가야 하는 나는 서둘러 빈자리를 찾아보았다. 하지만 자리는 남아 있지 않았다. 하는 수 없이 출입문 옆 구석에 살짝 기대 자리가 나기를 기다렸다. 마침 한 사람이 일어나면서 자리가 나서 다가가서 그 자리에 앉았다.

자리에 앉아 한시름 놓으려는 순간 나를 쳐다보는 '뽀로로' 인형과 아이가 보였다. 놀랍게도 아이 엄마는 함께 타고 있지 않았다. 이게 무슨 일인가 싶어 아이에게 다그쳐 물었다.

"얘야 엄마는? 엄마랑 같이 와야지 왜 혼자 있어?"

"할아버지 따라왔는데… 엄만 없어."

기가 막힌 상황이었다.

"엄만 없어"라고 또박또박 말하는 아이 모습에 열차의 다른 승객들이 우리 둘을 쳐다봤다. 혹시나 유괴범은 아닌지 뚫어져라 쳐다보는 옆자리 청년의 시선을 피해 아이의 손을 잡았다. 아이는 인형을 꼭 잡은 채로였다.

나는 갑작스러운 상황에 당황스러웠지만 우선 지하철에서 내리기로 했다. 이 아이가 나 때문에 엄마와 헤어진 건 아닌지 걱정이 밀려왔다.

아이와 나는 서울역 두 정거장 뒤인 종각역 역무실에 나란히 앉았다. 다행히 아이의 가방에서 이름과 핸드폰 번호가 적힌 인식표를 발견한 역무원이 보호자에게 연락했다.

아이의 이름은 '김민석'이라고 적혀있었다. 생면부지인 사람의 귀한 자식을 얼떨결에 내가 데리고 있게 되었으니, 아이의 엄마가 얼마나 놀랐을지 걱정스러워 마음이 불안했다. 내 걱정을 아는지 모르는지 아이는 보채지도 않고 내 손을 꼭 잡고 엄마를 기다렸다.

"민석아, 모르는 사람 따라가면 안 돼!"

"……."

대답이 없어서 다시 한번 주의시키려고 아이를 바라보니 나를 빤히 쳐다보는 아이 눈에 눈물이 그렁그렁 맺혀 있다. 갑자기 애처로운 생각이 들어 뭐라 하기를 포기하고 머리를 쓰다듬어주었다.

"이 인형이 그리 좋으니?"

내가 묻자 아이 눈에서 닭똥 같은 눈물이 또르르 흐르며 고개를 끄덕인다. 살다가 별일이 다 있으려니 내가 언제 또 이렇게 해맑은 아이와 나란히 앉아있어 볼까 싶었다. 상태가 좋지 않던 무릎도 언제 그랬나는 듯 통증이 없어졌다.

역무원은 아이 엄마와 연락이 닿았으니 나에게 돌아가도 좋다고 했지만, 차마 그럴 수는 없었다. 그렇게 조금 기다리니 얼마 안 있어서 민석이 엄마가 역무실로 들이닥쳤다. 아이 엄마는 아이보다 더 놀란 듯 눈물을 훔치며 들어왔다. 마치 대역 죄인이라도 된 듯한 기분으로 구석에서 가만히 그 모습을 지켜봤다. 민석이는 눈물 바람으로 들이닥친 엄마를 보자마자 숨넘어가듯 엉엉거리며 대성통곡을 한다.

모자의 만남을 뒤로하고 조용히 역무실을 나와 집으로 가는 열차 방향으로 걸었다. 지하철은 굽이굽이 다니는 게 인생과 닮았다. 그래서 그런지 그 안에서 별일이 다 벌어진다. 오늘처럼 한 번도 생각해보지 못했던 마법 같은 일이 일어나기도 한다. 이런저런 생각을 하면서 계단을 내려가는데 뒤에서 나를 부르는 소리가 들렸다. 가던 걸음을 멈추고 뒤를 돌아보니 민석이 엄마가 서 있다.

　"어르신 감사합니다. 민석이가 이거 드리고 싶다고 해서요."

　아이 엄마가 건넨 것은 뜻밖에도 뽀로로 인형이었다. 아이가 아끼는 걸 알기에 손사래를 쳤지만, 아이를 찾게 도와준 나에게 감사의 마음을 전하고 싶다며 연락처를 알려달라고 사정하기에 엄마에게도 부담일 것 같아서 그냥 인형을 받았다. 아이를 키우다 보면 별별 일을 다 겪는데, 아이 엄마에게도 오늘 일은 처음 겪는 가슴 철렁한 일이었을 것이다.

　"그래도 잘 해결되어서 다행이에요."

　아이 엄마에게 위로의 말을 건네고 얼른 플랫폼으로 향했다. 가방보다 큰 인형을 품에 안고, 어느덧 퇴근 시간이 되어 붐비는 의정부행 1호선을 타고 집으로 향했다. 몸이 마음처럼 따라주지 않는 날이면 누가 뭐란 것도 아닌데 괜히 속이 상하고, 걸으면서 아픈 무릎이 신경 쓰여 모난 마음으로 일찍 퇴근하려던 참이었다.

그날 민석이를 만나는 인연이 없었더라면 피곤함을 쉽게 털어내지 못했을 것이다.

지하철이 맺어준 뜻밖의 인연은 내게 다시 일어나 움직일 힘을 준다. 자신이 가장 아끼는 인형을 내게 준 아이에게서 스쳐 지나가는 인연의 소중함을 배울 수 있었다.

그 뒤로 뽀로로는 우리 집 현관에 들어서면 가장 먼저 나를 반기는 인형이 되었다.

할아버지 뿌로로 알아요?

할아버지 뿌로로 좋아해요?

마음에서 마음으로 전해지는 친절

지하철 택배원이야말로 정말 다양한 사람을 하루에도 수없이 만나고 상대하는 직업이다. 이 일을 십몇 년 하다 보니 별별 일이 다 있고 별별 사람을 다 만난다.

그러다 보니 자연스럽게 사람에 대한 기대는 하지 않게 되었다. 누군가에 대한 안 좋은 기억이나 험악한 사건 사고가 있었던 것은 아니지만 시간이 흐를수록 기대감도 없어져 배송일을 하면서도 사무적인 태도로 일관하게 된다. 맡은 일만 하면 되니 번거로울 것도 속이 상할 일도 줄었다. 이런 게 흔히 말하는 '경력에 따른 마음가짐의 변화'라고나 할까.

더운 여름날, 강남의 한 아파트에 장신구를 배달하게 되었다. 푹푹 찌는 날씨에 조금만 움직여도 땀이 흘렀고 손수건은 이미 땀에 흥건히 젖은 상태였다. 지하철에서 조금 떨어져 있는 아파트라 길을 가다가 더위를 먹지 않을까 걱정스러운 마음이 앞섰다.

마침 정오에 근접한 시간이어서 가로수 하나 없는 아스팔트 길을 걸으려니 살짝 어지러운 느낌이 들었다. 열사병 초기 증상은 아닌가 싶어서 속으로 걱정이 되면서도 배송 시간이 있으니 걸음을 멈출 수는 없었다. 점차 걷는 속도는 느려지고 목적지는 오히려 멀어지는 듯한 착각에 빠졌다. 아무래도 이 배송만 마치고 오늘은 일찍 집에 들어가서 쉬어야겠다는 생각으로 무거운 다리를 옮겼다.

그렇게 힘겹게 목적지에 다다랐다. 뙤약볕 아래에서 대단지 아파트를 바라보니 마치 궁궐처럼 웅장하게 다가왔다. 배달받을 사람의 동호수를 찾아가 1층에서 인터폰을 눌렀다. 얼마 안 있어서 중년 여성의 목소리가 흘러나왔다.

"지하철 택배 왔습니다."

인터폰에 대고 말하니 알았다는 대답과 함께 인터폰이 끊기고 문이 열렸다. 아파트 1층은 마치 호텔 로비처럼 생겼는데 아무도 없는 공간에 에어컨이 틀어져 있는지 냉기가 넘쳤다. 덕분에 엘리베이터를 기다리며 한숨 돌릴 수 있었다.

엘리베이터에서 내려 다시 현관 앞에 서서 벨을 눌렀다. '띵동' 소리가 고요한 아파트 복도를 울렸다. 다시 한번 더 눌러야 하나 고민이 될 때쯤 안에서 문이 열렸다. 좀 전에 인터폰 목소리의 주인인 듯한 여성이 빼꼼히 겨우 얼굴이 보일 정도로 문을 열기에 그 틈으로 들고 온 쇼핑백을 건넸다.

"물건 이상 없으시면, 운임 비용 주시면 됩니다."

"아, 착불인가요? 잠시만요."

급하게 말만 남기고 사라진 여성이 문을 놓자 다시 현관문이 '찰칵' 하고 잠겼다. 현금을 가지러 갔나보다 생각하며 닫힌 현관 앞에 서 있을 수밖에 없었다. 그래도 좀 전에 길을 걸어올 때보다 어지러움은 가셨지만, 속이 울렁거리는 게 아무래도 더위를 먹은 게 분명했다. 안에서 분주한 소리가 들리는 것 같더니 잠시 뒤에 아까 그 여성이 다시 문을 열고 나왔다. 현금 1만 원과 생수 한 병을 손에 들고서였다.

"오래 기다리시게 해서 죄송해요. 날도 더운데 감사합니다."

"이런, 생수까지… 감사합니다. 운임이 8천 원이라 거스름돈 드릴게요. 잠시만요."

"거스름돈은 괜찮습니다. 혹시 괜찮으시면 문 옆에 둔 거 가져가세요. 그럼 안녕히 가세요."

감사의 말을 전하기도 전에 문은 또다시 '찰칵' 소리를 내고 닫혔다. 더운 날에 헉헉거리며 온 게 티가 났나 싶어 머쓱하던 순간, 문 옆을 보니 작은 탁자 위에 아이스박스가 올려져 있었다. 문 옆에 두었다는 게 아이스박스를 말한 건가 싶어 다가가서 살펴보니 '택배원분들 더운 날씨에 수고 많으십니다. 시원한 물이나 간식 챙겨 가세요'라고 적혀있었다. 아이스박스 안에는 꽁꽁 얼어있는 생수 몇 개와 에너지 음료, 다른 칸에는 초코파이와 에너지바 같은 간식들이 들어있었다.

지하철 택배 일을 몇십 년 했지만 이런 경우는 처음이었다. 받은 생수가 있어서 더 가져오지는 않았지만 떨리는 마음을 주체할 수 없었다. 처음 경험한 그 여성의 친절함에 기분이 좋아져서 아이스박스를 몇 번을 열어보고 쳐다보다가 사진을 찍고 돌아섰다. 그러면서 더위에 지치고 피곤해서 혹시나 서비스에 문제는 없었는지 되새겨보았다.

덕분에 다른 사람을 생각하는 친절한 마음은 힘이 세다는 걸 알았다. 생면부지의 타인에게 친절을 베풀기란 간단한 것 같으면서도 쉽지 않은 일이다. 몸과 마음에 조금이라도 여유가 없으면 저절로 우러나기 힘든 게 사실이다. 몸에 근육을 만들기 위해서 운동을 하듯, 마음에도 친절이라는 근육을 키우려는 노력이 필요하다. 나 이외에 무관심한 세상에서 이런 작은 친절은 한 사람의 하루를 바꿀 수 있는 커다란 힘이 된다.

조금 전까지만 해도 '오늘은 일찍 들어가 쉬어야지' 했는데, 언제 그랬냐 싶게 한 손에 시원한 생수를 들고 다시 배달 일을 시작했다. 받은 만큼 베풀라는 말을 속으로 되뇌며 최대한 밝고 친절하게 물건을 건넸다.

그 일이 있고 얼마 안 돼 뉴스에 이런 작은 친절들에 대한 기사가 실린 걸 볼 수 있었다. 꽃씨가 바람에 흩날려 퍼지듯 고운 마음들이 하나둘 마음에서 마음으로 피어나나 보다.

이고 지고 가는 사랑

사람들로 복닥복닥한 지하철 안에 사십 대 초반쯤으로 보이는 여성이 커다란 악기를 들고 들어섰다. 열차 안에 있던 사람들의 시선이 일제히 그곳으로 향했다. 악기 연주자라도 되는 걸까 생각했지만, 등에 진 악기를 다루는 모습이 영 어설퍼 보여 악기 주인은 아니라는 걸 알 수 있었다. 만석인 지하철에 앉을 자리가 없자 그 여성은 난감하다는 듯 열차 끝 노약자 지정석 쪽으로 가서 한쪽에 몸을 기대었다.

"그 큰 걸 뭐 하러 들고 다녀요?"

내 옆자리에 앉아있던 할머니가 무심히 툭 던지듯 물어봤다. 아무래도 본인 몸보다 큰 악기를 들고 지하철을 탄 여성이 이해되지 않는다는 듯한 말투였다. 할머니의 갑작스러운 질문에 당황했는지 볼이

발그레해진 여자가 작은 목소리로 대답했다.

"이게 배송이 안 된다고 해서요. 이렇게 크고 무거운지 몰랐네요."

"그게 뭔데요?"

"첼로라는 악기예요."

할머니는 궁금한 게 많았는지 말문이 터지기 무섭게 이것저것 물어보기 시작했다. 옆에 앉았던 다른 할머니들도 말을 붙이기 시작해 어느새 한두 마디씩 처음 보는 낯선 것에 대한 궁금증을 풀어나가기 시작했다.

본래 나를 포함해서 지하철 교통약자석에 앉은 사람들의 공통점은 한번 말을 붙이기 시작하면 내릴 때까지 계속해서 이어진다는 것이다. 나이가 들면 궁금한 게 많아지는 건지, 집요하게 궁금한 걸 물어보는 성향이 생기는 건지 모르겠다. 젊었을 땐 관심도 없던 것들이 궁금해지고 궁금하면 꼭 해결해야 하는 일종의 습관이 들었다. 그걸 몰랐을 그 여성은 이것저것 질문을 계속해오는 할머니들이 불편했을 것이다. 어느 정도 상황 파악이 끝난 할머니 중 한 분이 또 다른 질문을 해왔다.

"이~ 그러니까, 아줌마가 그걸 연주하는 거예요?"

"아, 아니요. 저희 아들이 음악 한다고 필요하다고 해서 중고라도 사주려고요."

"아들 땜에 아줌마가 혼자서 그 큰 걸, 고생하네… 아이고~"

"애가 필요하다는데 어쩔 수 없죠."

그 여성의 속사정을 들은 할머니들이 일제히 "응응"하면서 수긍하는 눈치였다. 다들 그 큰 첼로를 들고 다니는 걸 이해하지 못하겠다는 태도였다가, 자식이 필요하다는 한마디에 그 여성의 상황을 이해한 것이었다. 할머니들의 '응응'에는 자기 덩치만큼 큰 그 악기를 무겁게 끌고 가는 그 여성을 향한 안쓰러움과 자식에게 도움이 되면 뭐든 하겠다는 한 엄마의 말이 이해되어 여러 감정이 섞인 듯했다.

무뚝뚝하게 한마디 하던 할머니조차 더 이상 궁금한 건 없다는 듯 "그렇구먼"하고 말을 맺었다. 어디선가 본 듯한 상황에 지하철역에서 마주친 아주머니들이 생각났다.

지하철을 타고 가다 보면 이것저것 무거운 것들을 이고 지고 가는 여성들을 쉽게 볼 수 있다. 손수레에 배추나 무 같은 채소를 가득 담아서 힘겹게 계단을 내려가거나, 전혀 컴퓨터를 쓸 것 같지 않은 나이 지긋한 여성이 컴퓨터 본체와 모니터를 양손에 힘겹게 들고 가는 걸 본 적도 있다.

하루는 작은 손수레에 배추와 무, 고춧가루 포대를 가득 실은 할머니가 지하철을 타려고 하다가 플랫폼 틈에 바퀴가 빠져서 이러지도 저러지도 못해 쩔쩔매고 있었다. 힘을 줘서 수레를 밀어야 하는데 워낙 무게가 많이 나가 할머니 힘으로는 역부족이었다. 자칫 위험할 수 있는 상황이어서 옆에서 얼른 손잡이를 같이 당겨주고 겨우 지하철 안쪽으로 수레를 들여왔다. 두 사람이 힘을 합쳐야 겨우 당길 수 있을 정도로 수레는 생각보다 무거웠다.

"이거 너무 무거운 것 같은데, 괜찮으세요?"

"아유 무겁죠, 덕분에 무사히 탔네요. 고마워요."

"요즘은… 배달시키면 편하잖아요?"

"그렇긴 하지만, 이렇게 나오면 값도 싸기도 하고… 아들놈이 혼자 사는데 엄마 김치 먹고 싶다고 하면 얼른 보내줘야 속이 편하니까요."

요즘같이 배달이 안 되는 게 없는 시대에, 한푼이라도 아껴서 자식에게 빨리 김치를 만들어 보내주려고 그 무거운 걸 직접 사서 끌고 가는 사람들이 바로 우리의 어머니였다. 감당 못 할 무게에 쩔쩔매면서도 자식 생각에 동동거리며 몸을 움직이고야 마는 사람이 바로 어머니인 것이다.

그 뒤로도 가만히 살펴보면 무거운 걸 힘겹게 이고 지고 가는 아주머니, 할머니들의 모습이 종종 눈에 띈다. 물론 모두가 다 자식에게 가져다주는 물건들은 아닐 테지만, 그런 어머니들의 모습을 보면 가슴 깊은 곳에서 뜨거운 게 울컥 솟구치는 기분이다. 자식의 말 한마디도 흘려듣지 않고 사랑이라는 이름으로 돌려주는 사람은 이 세상에 어머니밖에 없지 않을까.

그렇게 김치를 담그러 가던 할머니를 떠올리다가 어느새 내릴 역이 다가와 일어섰다. 첼로를 든 여성은 여전히 안지도 못하고 서서 어르신들과 이런저런 얘기를 나누고 있었다.

"그래도 아들이 재능이 좋은가 봐, 엄마는 좋겠네."

어르신들의 칭찬에 첼로의 무게 따위는 상관없다는 듯, 자식 자랑을 신이 나게 늘어놓는 여성의 목소리를 뒤로하고 지하철에서 내렸다. 지하철에는 그렇게 가끔 자신이 힘든 건 상관없이 자식에게 줄 사랑을 이고 지고 가는 누군가의 어머니들이 탄다.

무거워 힘들 법도 한데 아쉬운 소리 하나 없이 묵묵히 짐을 들고 가는 어머니들에게서 오늘도 사랑을 배운다.

커피 한 잔도 나눠 마시는 사이

7호선 남성역에서 도봉산역 방향으로 가는 지하철을 기다리고 있었다. 부쩍 쌀쌀해진 날씨에 겉옷의 지퍼를 턱 끝까지 올리고는 체온을 높이려고 역 안을 부산히 왔다 갔다 하며 움직였다. 그때 커피 자판기 앞에 선 60대 정도 되어 보이는 부부가 눈에 들어왔다. 부부는 자판기에서 커피 한 잔을 뽑아서 나눠 마시고 있었다.

남편이 한 모금 마시고 상대방에게 건네면 부인이 한 모금 마시며 그렇게 번갈아 홀짝홀짝 커피를 주거니 받거니 마시고 있었다. 양도 얼마 되지 않는 자판기 커피 한 잔을 왜 그렇게 마시나 궁금해서 슬쩍 알은체를 해보았다. 혹시 동전 300원이 없어서 나눠 마시는 거라면 내가 가진 잔돈으로 얼마든지 부부에게 커피 한 잔을 사줄 수 있었다.

"커피를 왜 그렇게 마시세요?"

부인이 웃으면서 대답했다.

"이렇게 마시는 게 습관이 돼서 그래요."

300원이 모자랐던 게 아니라 평소 커피 한 잔이라도 나눠 마시는 게 몸에 배어서 그렇다는 걸 생각도 못 했다.

"딱 반 잔이면 되거든요. 한 잔 다 마시면 잠을 못 자서…."

얼마나 부부 사이가 좋으면 콩 한 쪽도 아니고 커피 한 잔을 나눠 마실 수 있을까? 부부의 행복한 표정에 살짝 부러운 생각이 들었다.

"두 분이 참 좋아 보입니다."

"없는 형편에 아껴서 나눠 먹다 보니 그렇게 됐죠."

옆에 서 있던 남편이 한마디 했다. 멋쩍은 표정으로 들고 있던 자판기 커피를 쳐다보는 시선엔 알 듯 모를 듯한 씁쓸함이 묻어났다. 그의 마음을 읽었는지 옆에 서 있던 아내가 남편의 구겨진 옷을 펴주며 '툭툭' 등을 두들기자 남편이 고개를 들고 웃으며 돌아봤다.

때론 부부 사이에 한마디 말보다 작은 행동이 기운을 나게 하는 법이다. 서로서로 살피고 챙기는 애틋한 마음이 나에게도 닿아서 옆에 있는 것만으로도 따뜻해졌다. 커피 한 잔을 여유롭게 마시지 못하는 형편이지만, 서로를 향한 사랑이 가득하니 부부에겐 돈이 문제가 되지 않았다. 역에서 마주쳐 잠깐 몇 마디 나눠본 게 전부였지만, 내가 만나본 부부 중 가장 사랑이 넘쳐나는 부부였다.

부부의 오붓한 시간을 방해한 게 미안해서 뭐라 말을 덧붙이고 싶었지만, 서로를 다정하게 쳐다보며 웃고 있는 부부의 모습을 보니 나의 어떤 말도 필요 없어 보였다. 두 사람이 더 이상 행복해 보일 수 없어서 진심을 담아 아까 했던 말을 되풀이해 건넸다.

"너무 보기 좋으시네요."

"감사합니다."

부인이 해맑은 미소로 대답했다.

살면서 돈보다 중요한 게 많다고들 하지만 하루하루 살아가다 보면 주머니 사정만큼 사람을 옥죄는 건 없다는 걸 피부로 느끼게 된다. 그래서 하루 두세 건 배송일을 마치고 집으로 돌아가는 길에 가끔 돈벌이 때문에 중요한 걸 놓치지는 않았는지 나 자신에게 되묻곤 한다.

남들이 하찮다고 생각할 수 있는 300원짜리 자판기 커피 한 잔으로도 얼마든지 행복할 수 있다는 걸 보여준 부부 덕분에 모처럼 행복의 의미를 다시 생각해볼 수 있었다.

세상에서 가장 존경하는 사람

지하철에 앉아 핸드폰으로 길을 찾아보고 있는데 작은 소란이 일어났다. 맞은편에 앉아있던 청년의 갑작스러운 고함에 깜짝 놀라 핸드폰에서 시선을 거두고 올려다보았다. 지하철 같은 칸에 타고 있던 사람들의 시선이 전부 그 청년을 향했다.

처음엔 '아침부터 웬 취객이지?' 싶어 신경질적인 눈으로 쳐다봤는데, 아무래도 교통약자석에 앉아있는 청년은 몸이 불편한 장애인처럼 보였다. 몸이 통제가 안 되는 듯 관절을 이상하게 꺾고 의자 옆 철제 기둥을 계속해서 손으로 내리치는 모습을 보며, 공공장소에서 예의 없는 행동을 한다고 눈살을 찌푸렸던 나의 태도가 무안해지는 순간이었다.

그 청년 옆에 나란히 앉은 어머니처럼 보이는 중년 여성이 당황스러워하며 아들을 진정시키려고 애쓰고 있었다. 그 여성은 작은 목소리로 "아들~"이라고 부르며 청년의 두 손을 감싸 안으려고 했다.

그런 노력에도 아들의 발버둥이 심해지자 어머니가 손으로 아들의 머리를 감싸 안았고, 점점 심해진 행동에 결국 아들의 머리를 감싸던 어머니의 손이 '쿵' 소리를 내며 철제 기둥에 부딪혔다. 맞은편에서 지켜보기에도 부딪히는 소리가 커서 걱정될 정도였는데, 그래도 아랑곳하지 않고 아들을 챙기는 어머니의 모습을 보니 더욱 안타까웠다. 옆에서 지켜보기에도 애가 타는데 어머니의 속은 이만저만이 아닐 것이다.

주변에 있던 사람들도 내 마음과 같았는지, 소란스러운 상황에서도 누구 하나 불평하지 않고 조용히 상황이 마무리되길 바라는 눈치였다. 그런 분위기 속에 그 여성의 옆자리에 앉아있던 남자 때문에 눈살이 찌푸려졌다. 신문을 읽고 있던 남자는 시끄러운 소리가 계속해서 들리자 불편한 티를 내면서 그 여성에게 무언의 눈치를 주었다. 신문 읽는 것에 방해가 되니 좀 조용히 시키라는 것 같았다.

남자의 헛기침 소리에 그녀는 더욱 얼굴이 붉어지며 당황해했다. 상황을 지켜보고 있던 나는 그 사람에게 "부끄러운 줄 알라."고 한소리 하고 싶은 걸 겨우 참았다. 다행히 그 남자가 일찍 내려서 별다른 일은 일어나지 않았다.

역을 몇 개 지나는 동안 아들의 상태는 많이 나아졌다. 몸을 가누고 얌전히 의자에 앉아서 더 이상 고함을 지르지도 않았다. 그제야 아들의 머리에서 손을 뗀 어머니는 흥분을 가라앉힌 아들을 보고 밝게 웃으며 "잘했어."라고 토닥여주었다. 기둥에 세게 부딪혀서 빨갛게 부풀어오른 손등이 아플 법도 한데 미소를 잃지 않고 침착하게 대처하는 그녀를 보며 존경의 마음을 가질 수밖에 없었다.

내가 내리는 역에 그 모자도 같이 내려서 개찰구를 나가기까지 옆에서 지켜볼 수 있었다. 엘리베이터를 기다리면서 옆에 선 어머니에게 조심스럽게 말을 붙여보았다.

"같은 부모로서 존경합니다."

"좀 전에 맞은편에 계셨죠? 감사합니다."

갑자기 그녀가 고개를 꾸벅 숙여 인사하는 바람에 나도 같이 고개를 숙였다. 감사 인사를 받을 일이 아닌 것 같아 괜찮다고 말하려 했으나 그때를 비집고 아들이 그녀의 붉은 손을 밀고 당기고 못살게 굴어 더 이상 대화를 이어갈 수 없었다.

지하철에서의 소동이 지나고 기분이 좋아졌는지 아들이 엄마의 옆구리에 착 붙어서 애교를 피우며 걸어갔다. 사이좋은 평범한 모자처럼 보이는 뒷모습을 바라보다가 주책스럽게도 눈물이 나올 것 같아 억지로 눈을 깜빡이면서 배송을 위해 서둘러 발걸음을 옮겼다. 조금이라도 감정에 동요가 생기면 눈물이 차오르는 건 내가 나이가 들었다는 증거일 것이다.

길 위에서 마주치는 수많은 사람 중에서 내가 가장 존경하는 사람은 어머니다. 자식에 대한 사랑으로 자신의 모든 걸 대가 없이 내주는 유일한 사람이 바로 어머니이기 때문이다. 나이가 들수록 어머니의 사랑이 더 크게 와닿는다. 기억 속 그리운 어머니처럼 나이 들어 비로소 내가 받고 자란 사랑의 크기가 온전히 느껴진다.

그 일이 있고 며칠이 지나도 그녀의 빨갛게 부푼 손이 내 머릿속을 떠나질 않았다. 우리가 다시 길 위에서 마주칠 일은 없겠지만, 여전히 그 모자의 행복을 빈다.

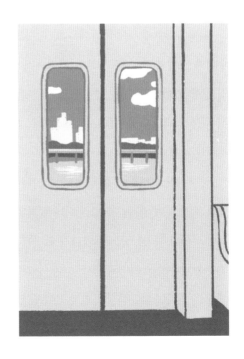

고요한 밤 거룩한 밤, 공주 군밤이요

시청역 8번 출구에서 남대문 방향으로 걷다 보면 군밤 장수의 손수레가 눈에 띈다. 날씨가 조금 쌀쌀해지면 어김없이 나타나 겨울 한철 장사를 하며 달콤한 군밤 냄새를 풍기는 군밤 장수다. 반가운 마음에 서둘러 걸으니 저 멀리서부터 쾌활한 아주머니 군밤 장수의 목소리가 들려왔다.

군밤이라고 하면 신문 봉지 속에 알알이 토실토실한 군밤을 담아들고 호호 불며 길거리를 걸어 다니며 먹던 추억이 있다. 옛날엔 지금처럼 맛있고 다양한 군것질거리가 없었기 때문에 군밤, 군고구마, 찐옥수수 같은 간식이 전부였다. 그래서 겨울이 되어 구세군의 종소리가 울려 퍼지면 따끈한 군밤의 추억이 함께 떠오른다.

"군밤~ 토실토실한 공주 군밤 있어요!"

지나가는 사람들에게 시원시원하게 말을 걸며 장사를 하는 아주머니는 손수레 곳곳에 커다랗게 군밤 가격표를 써 붙여놓았다. '고요한 밤', '거룩한 밤', '깊은 밤' 이렇게 쓰인 재미있는 군밤 메뉴판에 손님들의 눈길이 머문다. 나도 매번 그냥 지나치기만 하다가 그날따라 입이 심심해져서 손수레로 다가갔다.

"제일 양이 적은 게 '고요한 밤'이에요?"

"네~ 고요한 밤, 거룩한 밤, 깊은 밤 순이에요."

"그럼, 고요한 밤 하나 주세요."

"구워서 나오면 얼른 드릴게, 기다리세요."

구워 놓은 건 이미 다 팔렸기 때문에 군밤이 구워지기까지 기다려야 했다.

옛날에는 대학생들이 겨울 방학 때 용돈 벌이하려고 드럼통에 장작불로 군밤을 구워 팔기도 했었다. 겨울 한 철 길거리에서 고생을 좀 견디면 학자금에 보탤 만큼 쏠쏠히 돈을 벌 수 있었다. 요즘은 드럼통이나 장작불은 도심 한가운데에서 찾아보기 힘들고, 전기로 돌아가는 스테인리스 통에서 군밤이 골고루 구워졌다. 군밤 장수는 토실토실한 밤에 칼집을 내서 통에 넣기만 하면 되니 손이 많이 줄어서 수월해 보였다.

군밤 장수를 알아보고 말을 걸며 지나가는 사람들도 있었다. 그럴 때마다 아주머니는 "인사만 하지 말고, 군밤 먹으러 와요!"라며 사람 좋은 웃음을 지었다. 길거리 장사가 고될 법도 한데 구김살 없이 밝은 표정에 단골이 많은 듯했다. 옆에 서 있던 나도 군밤이 구워지길 기다리면서 제법 많은 대화를 나눴다.

"어르신 뭘 그렇게 찍어요?"

오랜만에 만난 군밤 수레가 반가워 군밤 굽는 기계와 재치 있는 메뉴판을 열심히 찍고 있던 내가 신기했는지 아주머니가 물었다.

"아니 요즘은 길에서 군밤 장수 만나기가 힘들어서, 반가워서 찍었어요."

괜히 머쓱해져서 손이 저절로 뒤통수를 긁적였다.

"아, 그럼 이 메뉴판 좀 꼭 찍어보세요. 내 작품이에요."

"벌써 찍었죠, 어떻게 이런 생각을 했대요?"

"영업 노하우죠, 메뉴판 하나도 얼마나 신경을 써야 하는데."

내가 묻기를 기다렸다는 듯, 군밤 장수 아주머니의 사업 조언들이 쏟아져 나왔다. 요즘 같은 시대에 평범한 건 안 된다고 주장하며, 자신의 블로그에 군밤 장사 이야기를 써서 올린다고 했다. 군밤 장수가 단순히 군밤만 구워서 판다고 생각했던 건 옛날 사고방식이었다. 나와 대화하는 중간중간에도 지나가는 사람들에게 "군밤~ 토실토실한 공주 군밤 있어요!"라고 외치며 최선을 다해 군밤을 팔았다.

몇 분 지났을까, 달콤하고 고소한 군밤 냄새가 코를 자극하더니 맞춰 놓은 시간에 군밤들이 알알이 통에서 쏟아져 나왔다. 나는 최신식 군밤 기계가 신기해서 넋 놓고 바라보았다. 옛날 드럼통 군밤에서, 알아서 군밤을 구워주고 쏟아내는 기계의 등장은 놀라웠다. 갓 구워나온 군밤은 높은 온도에서 껍질이 저절로 까져서 노랗고 뽀얀 밤알이 보였다. 그 모습을 보고 있자니 입속에 침이 저절로 고였다. 제대로 안 까진 밤은 골라내 뭉툭한 칼로 마저 까서 봉지에 담아주었다. 뜨끈한 김이 모락모락 나는 게 제대로 구워진 듯했다.

"고요한 밤, 하나요." 군밤 장수 아주머니가 건넨 하얀 봉지를 받자 손에 따뜻한 온기가 전해졌다. 그 자리에서 잘 익은 밤 하나를 입에 넣자 뜨거운 군밤의 달짝지근한 맛이 입안에 가득 퍼졌다. 아직 본격적인 추위가 오지 않아 추위에 오들오들 떨며 먹는 매력이 덜했지만, 맛은 그대로였다.

"안 먹었으면 후회할 맛이네요."

과장이나 보탬 없이 마음속에서 나온 말이었다. 퇴근 후 집에 가서 시청역 군밤 장수 이야기를 블로그에 써야겠다는 생각이 들었다.

"어르신 이거 더 들고 가요."

군밤 장수가 방긋 웃으며 노란 밤알 3개를 덤으로 주었다.

"3개 더했으니 그러면 이제 '더 고요한 밤'인 거예요."

아주머니의 말을 듣고선 웃지 않을 수 없었다. 호탕한 웃음소리와 재미난 생각들이 사람을 웃게 만드는 힘이 있었다.

이제 겨울철 군밤을 떠올리면 오늘 시청역 앞에서 만난 아주머니가 가장 먼저 생각날 것이다. 오래된 추억 위에도 더 행복한 기억들이 쌓일 수 있다는 걸 군밤을 먹으며 알게 되었다.

고요한 밤
3,000원

거룩한 밤
5,000원

깊은 밤
10,000원

인생길의 동반자, 할머니와 강아지

서류 배송을 마치고 당산역 근처의 공원을 거닐고 있었다. 역 근처에 사진으로 남길 것이 없나 이리저리 살피며 걷고 있는데 작은 강아지 한 마리가 눈에 들어왔다.

겨울도 아닌데 작은 몸에 야무지게 옷을 입고선 비틀거리며 공원 바닥 틈새에 난 풀냄새를 맡느라 옆에 내가 있는 줄도 모르는 눈치였다. 강아지가 목줄도 없이 혼자 있는 것처럼 보여 혹시 누가 버리고 간 건 아닌가 걱정되어 지켜봤다. 가까이 다가가 보니 나이가 꽤 든 늙은 강아지였지만, 누군가 살뜰히 관리를 해준 티가 났다. 듬성듬성 난 털은 어제 씻긴 듯 깔끔했고, 얼굴에 눈곱이나 침 얼룩도 없이 아주 깨끗했다. "너 사랑받는 강아지구나."라는 말이 저절로 나올 정도였다. 풀냄새 맡기에 열중한 강아지 옆에 서서 한참을 살펴보고 있는데, 역시나 내 예상은 틀리지 않았었다. 할머니 한 분이 공원 모퉁이를 돌아오며 내게 소리쳤다.

"거, 누구요~!"

낯선 사람이 강아지를 쳐다보고 있자 소리를 지른 거였다. 할머니는 허리가 많이 굽어서 걸음이 불편한지 지팡이를 짚고도 느릿느릿 힘겹게 걷는 모습이었다. 한참 걸려 강아지 근처까지 온 할머니의 숨소리가 거칠었다.

"할머니, 이 강아지 주인이세요?"

"의사가 얘가 나보다 나이가 더 많대요. 주인이 아니고 동고동락 친구지."

말을 마친 할머니는 산책이 힘에 부쳤는지 공원 의자에 자리를 잡고 앉았다. 늙은 강아지는 할머니가 근처에 있는 것도 모르는 듯 좀 전의 모습 그대로 땅바닥에 코를 박고 냄새를 맡느라 열중한 모양이었다. 내가 강아지를 쳐다보고 있는 동안 뒤에서 할머니의 말이 들려왔다.

"쟤가 18년을 살아서 눈도 안 보이고 귀도 어두워서 뭘 몰라요."

그제야 근처에 사람이 있어도 반응이 없는 강아지의 모습이 이해됐다. 18년을 살았으면 사람 나이로 백 세 가까이 산 것이니 몸이 성한 데가 없는 것도 당연했다. 앞이 안 보이는 채로 혼자 길을 잘 찾아다니는 게 신기했다.

"그런데 안 보여도 잘 다니네요."

"이 길만 매일 18년이니까. 안 봐도 훤한 거지요."

할머니와 강아지의 추억이 고스란히 묻어 있는 산책길이었다. 눈비가 내리지 않으면 매일 나와서 걸었던 길인데 어느새 18년이 흘러버린 것이다. 잠시 대화가 멈추고 할머니와 나의 시선은 비틀비틀 걷고 있는 강아지에게로 향했다. 바람만 불어도 넘어질 듯 비틀거리며 걷는 모습에 저절로 안타까운 생각이 들었다.

"누가 알았겠어. 이렇게 둘이 늙어갈지…."

할머니가 혼잣말하듯 함께 동고동락한 세월을 털어놓았다. 다 잇지 못한 말 속엔 어떤 안타까움이 숨어 있을지 상상이 안 됐다. 나 역시 강아지를 좋아해 몇 마리를 키우고 떠나보내 본 사람이기 때문에 그 마음이 너무 와닿아 가슴이 먹먹해졌다. 세월은 나에게만 빠르게 흘러가는 줄 알았는데, 한없이 예쁘기만 한 털북숭이들에게 시간은 더 야속했다.

할머니에게 시선 한번 주지 않고 비틀거리며 걷는 강아지가 조금씩 앞으로 나가자 할머니도 힘겹게 의자에서 일어나 다시 걸어갈 준비를 했다.

"저 녀석이 나를 이렇게 운동시켜. 이 나이에 못 할 짓이지."

말은 그렇게 해도 표정엔 사랑이 가득 담겨 있는 게 느껴졌다. 애초에 그렇게 사랑하지 않으면 걷기도 힘드신 분이 매일 산책을 하러 나오지 않았을 것이다.

"그래도 덕분에 걸으시면서 건강 챙기시면 좋잖아요."

속 모르는 사람처럼 해맑게 한마디 했다.

"18년 했으면 오래 했으니 괜찮다 싶다가도 얼마 안 남은 게 느껴지니까 또 섭섭해."

"저 녀석도 할머니 마음 잘 알 거예요."

"그런 거 몰라도 돼, 그냥 오래 있다 내가 가기 하루 전에 갔으면 좋겠네."

18년을 함께한 할머니의 마지막 바람이었다. 이렇게라도 오래 살다가 자신보다 하루 먼저 가길 바라는 할머니의 마음을 어떻게 다 헤아릴 수 있을까. 사람 없는 오후의 공원에 비틀거리며 오직 냄새에만 의존해 걷는 작은 강아지와, 그 뒤에 느릿느릿 지팡이를 짚고 걸어가는 할머니의 모습이 겹쳐 보였다.

선뜻 발걸음이 떨어지지 않아 할머니와 강아지가 멀어질 때까지 그 자리에 서서 지켜봤다. 아무래도 할머니의 걷는 속도가 느려 둘 사이의 거리가 점점 벌어지는가 싶더니 결국 강아지가 내 시야에서 사라져버렸다. 18년을 걸어온 길이니 별일은 없겠지만 은근히 걱정이 됐다. 멀리서 보기에는 둘의 산책이 평화로워 보였지만, 나도 모르게 마음을 졸였다.

조금 있으려니 가던 길을 되돌아오는 강아지의 모습이 보였다. 여전히 비틀거리는 몸으로 풀냄새 한번 맡지 않고 걸어오더니 할머니 발 앞에 멈춰 섰다. 꼬리를 흔들거나 반가움에 짖거나 하지도 않고 무심히 주인의 발 앞에 멈춰 서자 할머니가 강아지의 머리를 한번 쓰다듬었다.

그제야 둘은 비슷한 속도로 다시 산책을 시작했다. 18년을 함께 살아온 세월이 그 둘의 뒷모습에 담긴 듯했다. 보이지 않고 들리지 않아도 기꺼이 돌아와 발걸음을 맞추는 사랑이 함께였다. 사랑하면 닮는다고 서로를 아끼는 뒷모습이 닮아 보였다.

한시름 놓고 역으로 향하면서 할머니에게 아까 하지 못한 인사를 남겼다.

"할머니 건강하세요."

"할아버지도 오늘 하루 소중하게 보내세요."

어떤 인사말보다 진정성이 느껴지는 말이었다. 그들에게 앞으로 몇 번의 산책이 남았을까? 금보다 귀한 시간을 보내고 있을 할머니가 내게 건넨 인사는 무심코 흘려보낸 하루를 반성하게 했다.

그런 거 몰라도 돼,

그냥 오래 있다 내가 가기 하루 전에 갔으면 좋겠네.

2장

손에서 손으로, 택배 왔습니다

기념일의 완성은 서프라이즈

크리스마스에 산타할아버지가 몰래 굴뚝을 타고 내려와 선물을 놓고 간다는 건 어린 시절을 지나오면서 거짓말인 걸 알게 된다. 하지만 지금도 여전히 산타할아버지처럼 몰래 선물을 들고 이곳저곳에 바삐 다니는 사람들이 있다.

지하철 택배원은 당일 업무상 필요한 서류나 작업물 등을 급하게 배송하는 경우가 대부분이지만, 간혹 꽃집에서 주문이 들어오면 단기 산타가 되어야 한다. 꽃바구니 배송은 받는 사람 모르게 주문 접수가 이루어지는 경우가 대부분이기 때문이다.

초보 택배원 시절, 아니 정확하게 말하면 꽃바구니 주문의 의미를 몰랐던 초보 일일 산타 시절의 아찔한 실수 덕분에 이제 꽃바구니쯤은 능숙하게 배송 완료할 수 있게 되었다. 조심조심 비밀스럽고 소용하게 말이다.

아직도 그날의 일을 생생하게 기억한다. 꽃집에서 알록달록한 생화로 만든 꽃바구니를 받아서 아파트로 배송하는 것이었다. 꽃바구니는 배송 중에 험하게 다루면 꽃이 꺾이거나 엎어져 상처가 나기 때문에 조심스럽게 다뤄야 했다. 무게는 가볍지만 쉬운 배송은 아니다. 꽃바구니를 조심히 챙겨 지하철을 타고 배송지를 향하는데 물건을 받는 사람에게서 연락이 왔다.

"제가 연락받은 게 없어서 그런데 혹시 배송 물건이 뭘까요?"

고객의 질문이니 친절하게 답변하는 게 당연한 일이다. 그래서 "꽃바구니입니다."라고 당당하게 대답했다. 내 대답을 들은 그 사람은 웃으며 전화를 끊었다. 눈치가 없었던 나는 꽃집 사장님의 전화를 받기 전까지 뭔가 잘못되고 있다는 걸 알지 못했다.

"기사님, 배송하시는 물건이 꽃바구니인 걸 말씀하시면 어떡해요!"

"네? 고객님이 물어봐서 알려드린 건데요?"

"아니, 누가 봐도 꽃바구니 서프라이즈 선물인데 그걸 중간에 말씀하셔서 지금 보내는 분한테서 전화가 왔어요. 깜짝 이벤트인데 미리 알게 돼서 난감하다고요."

누구한테 꽃바구니 깜짝 선물을 해본 적도 없고 받아본 적도 없는 나로서는 순간 이게 무슨 일인가 싶었다. 꽃집 사장님의 설명을 들어보니 기념일을 맞아서 상대방 모르게 꽃바구니를 선물하려는 의도였는데, 내가 중간에 찬물을 끼얹은 격이 된 것이다. 꽃집 주인이 배송 중에 무슨 일이 있으면 자기한테 전화하라며 고객과 연락하지 말라고 단단히 일러주고는 전화를 끊었다. 이미 엎질러진 물이었지만 그래도 배송은 최선을 다해야 하니 조심스럽게 꽃바구니를 들고 목적지로 향했다.

아파트 입구에 도착하니 공동현관문이 닫혀있어 안으로 들어갈 수 없었다. 원래라면 배송받을 사람에게 전화로 물어보면 되지만, 꽃집 사장님의 당부가 생각나 하는 수 없이 꽃집으로 전화를 걸어 상황을 전달했다. 그러자 사장님이 고객에게 물어본다며 잠시 기다려 달라고 했다.

가만히 공동현관 앞에서 기다리는데 그늘 한 점 없는 뙤약볕에 서 있기가 점점 힘이 들었다. 마침 아파트 입주자로 보이는 부부가 걸어오는 모습이 보였다. 속으로 '제발 이 입구로 지나갔으면' 하고 주문을 외웠는데, 딱 내가 서 있던 입구로 다가왔다. 그들에게 사정을 대략 설명하고 건물 안으로 들어설 수 있었다.

엘리베이터에서 내려 집 앞에 물건을 들고 서서 잠시 망설였다. 물건을 그냥 두고 가야 하는지 아니면 벨을 눌러 직접 전달해야 하는지 알 수 없었다. 그래도 직접 수령이 원칙이니 벨을 눌렀다. 안에서 소리가 나더니 이내 문이 열렸고, 한 여성이 해맑은 미소를 지으며 문을 열어주었다.

"안녕하세요. 오시느라 고생 많으셨죠? 공동현관 벨 누르시기를 기다리고 있었는데 소식이 없어서 오시다가 무슨 일 난 건 아닌지 걱정했어요."

사실 일찍 오기는 했지만 공동현관에서 기다리느라 시간이 지체돼서 살짝 늦어졌다는 말은 차마 하지 못해 그냥 웃을 수밖에 없었다. 배송을 완료했으니 왔던 길을 돌아가면 되는데 발걸음이 떨어지지 않아 얘기를 꺼냈다.

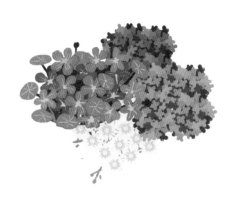

"아, 사실 꽃바구니 배송을 비밀로 해야 하는 건지 제가 잘 몰라서… 실수를 한 것 같아 죄송합니다. 기념일인데…."

어떻게 말을 전달해야 할지 몰라 죄송한 마음을 담아 이야기를 이어가는데 여성이 놀란 눈을 동그랗게 뜨면서 손사래를 쳤다.

"어르신 그렇게 마음 안 쓰셔도 돼요. 저희가 더 죄송해요."라며 연신 허리를 굽혔다. 마주 보던 나도 얼떨결에 같이 허리를 굽혀 인사를 주고받게 되어, 아마 옆에서 보면 조금은 우스운 모습이었을 것이다.

그렇게 과정은 복잡했지만, 무사히 배송을 마치고 가려는데 고객이 '들어와서 시원한 물 한 잔이라도 마시고 가시라'고 끝까지 붙잡는 바람에 하는 수 없이 잠시 실례했다. 안내한 식탁 의자에 앉아 시원한 오렌지주스를 마시며 고객과 이야기를 나눌 수 있었다.

"사실 저희가 주말 부부인데… 오늘이 결혼기념일이에요."

고객은 이렇게 말하면서 자신들의 상황을 설명했다. 주말 부부인 이들은 평일에는 못 만나고 기념일은 주말에 챙기거나 그냥 넘어갔다고 한다. 그런데 며칠 전에 두 사람이 사소한 문제로 크게 다퉜고 남편이 미안한 마음에 깜짝 선물로 꽃바구니를 준비한 모양이었다.

"저희 남편이 좀 애 같아서 이런 깜짝 선물 하는 걸 좋아해요… 매번 꽃바구니라 문제인데 어쩌겠어요."

"그래도 꽃바구니 받으시고 얼굴이 활짝 펴지셨네요."

"선물은 받으면 좋잖아요. 기왕이면 꽃 말고 다른 거면 좋겠죠."

꽃바구니를 바라보는 고객의 얼굴엔 알 듯 말 듯한 미소가 번졌다. 배송 중간에 사고가 있긴 했지만, 다행히 보내는 이의 마음은 잘 전달된 것 같아서 한시름 놓을 수 있었다. 그 고객은 꽃 말고 다른 선물이면 더 좋겠다고 했지만, 꽃을 보고 미소짓는 걸로 보면 무엇을 받든 충분히 감사함을 느낄 수 있는 사람인 것 같았다.

그 이후로 나는 꽃 배달 주문이 들어오면 초보 때의 실수를 잊지 않고 충실한 산타의 마음가짐으로 길을 나선다. 그리고 이제는 요령이 생겨서 꽃바구니같이 깜짝 선물을 하려고 한다면 받는 사람의 연락처를 따로 쓰지 말고 보내는 사람과 같은 번호를 적어두는 게 좋을 거라고 귀띔해주곤 한다.

여권 없는 출국길

인천공항으로 가는 배달이 접수되었다. 이 일을 하다 보면 일 년에 한두 번은 여권 배달을 위해 인천공항에 가게 된다. 설마 싶겠지만 의외로 많은 사람들이 공항에 갈 때 여권을 빠뜨리고 간다. 덕분에 내일거리도 생기지만, 여권같이 중요한 건 잘 챙기고 다녔으면 한다. 아무리 빠르게 배달해도 출국 전까지 마음을 졸이며 기다려야 하기 때문이다.

배송할 여권을 전달받을 지하철역에 도착했더니 할머니 한 분이발을 동동 구르며 나를 기다리고 있었다. 얼핏 보기에도 집에서 막 나온 차림에 슬리퍼를 신고, 손에 여권을 꼭 쥔 채였다. 할머니는 손자에게 잘 전달해달라고 몇 번이나 신신당부를 하며 나에게 여권을 내밀었다. 인천공항 터미널에서 손자가 기다리고 있는데, 유학 가는 손자의 여권을 챙겨준다는 걸 까먹어서 이렇게 되었다는 것이다. 나는 걱정하지 말라며 출국 시간 전까지 여유 있게 배달할 수 있다고 안심을 시켜드리고는 서둘러 서울역으로 향했다.

혹시라도 자신의 실수로 손자가 비행기를 못 탈까 봐 걱정하는 마음이 나에게 그대로 전해졌다. 나도 손자가 있는 사람으로 그 마음을 어찌 모를까. 여권을 넣은 가방을 소중히 메고 틈틈이 확인하면서, 나도 어느새 종종걸음으로 서울역에서 공항철도로 갈아타고 인천공항으로 향했다.

전달받은 시간까지는 아직 여유가 있어 마음 놓고 가도 되는데 나도 모르게 자꾸만 시계를 확인하고 남은 역을 헤아려보느라 조급증이 났다. 이럴 때는 돈을 좀 더 내고 급행열차를 타야 하는 것 아닐까 갈등했지만, 순리대로 기다려야 하는 상황에 지하철 택배원의 속만 까맣게 타들어갔다.

인천공항 제2여객터미널에 도착해서 물건을 받기로 한 대한항공 카운터 앞으로 갔다. 두리번거리며 사람을 찾고 있으려니 내 어깨높이만큼 되는 키의 남자아이가 다가왔다.

"혹시 지하철 택배 할아버지 아니세요?"

내가 그렇다고 대답하니 아이는 자기가 그 여권의 주인이라고 말했다.

할머니가 손자라고 했지만 혼자 유학 갈 정도이니 어느 정도 장성한 손자인 줄 알았는데 중학생 정도밖에 되지 않은 아이라서 순간 당황했다. 아이에게 얼른 여권을 넘겨주고 출국 수속을 밟으라고 재촉했다. 여권을 받은 아이가 혼자 카운터에서 출국 수속을 하는 동안 나는 고객에게 배달을 완료했다는 문자를 보냈다. 그랬더니 장문의 답장이 왔다.

'어르신 감사합니다. 저는 애 아빠인데 어머니가 아이에게 여권을 안 챙겨주시는 바람에 정말 큰일 날 뻔했는데, 덕분에 잘 해결되었습니다. 감사합니다.'

배송 완료 문자를 보내자마자 답장이 온 걸 보아 아마 고객도 핸드폰에서 눈을 떼지 못하고 있었으리라. 무사히 배달되었다는 소식이 전해졌을 테니 할머니도 이제 한시름 놓았을 것이다.

자기 덩치만 한 커다란 짐가방 2개를 수화물로 부치는 아이를 먼발치에서 바라보았다. 나도 긴장했던 몸이 풀리면서 여유가 생겨 그제야 편하게 숨을 쉴 수 있었다.

평일 출국장은 한산함과 분주함이 살짝 뒤섞여 떠나는 이의 설렘과 긴장이 느껴지는 듯했다. 택배원의 일은 끝나서 돌아가면 되지만 발걸음이 떨어지지 않았다. 다들 삼삼오오 누군가와 함께인데 홀로 있는 아이가 눈에 밟혔기 때문이다. 수속을 무사히 마친 아이가 여권과 비행기표를 들고 뒤돌아서더니 나를 발견하고 다가왔다.

"할아버지 덕분에 무사히 출국해요. 감사합니다."

인상이 반듯해 보이는 아이와 출국장에 들어서기 전 잠시 몇 마디를 나누었다. 원래는 지방에 사는데 가족들이 다 바빠 혼자 서울 할머니 댁에 들러 인사를 하고 나오는 길에 여권을 두고 오게 된 거라고 한다. 갑작스러운 상황에 겁도 났을 텐데 누구의 탓도 하지 않고 끝까지 미소를 잃지 않는 모습이었다. 혼자서도 의젓하고 구김 없는 아이의 모습을 보니 분명 1년 뒤 유학을 끝내고 돌아올 때는 더 멋지게 성장해 있을 것이다.

옆에서 자꾸만 이야기를 하다 보니 오지랖 넓은 할아버지의 잔소리가 될 것 같아 서둘러 작별 인사를 하고 돌아 나왔다. 서울로 돌아오는 공항철도 안에서 아이의 행운을 빌었다.

그렇게 3건의 배송을 마치고 퇴근하는 길에 또 한 통의 문자를 받았다. 오전에 인천공항에서 만난 아이의 아빠였다.

'어르신, 늦은 시간에 죄송합니다. 저희 어머니께서 어르신께 꼭 감사의 말씀을 전달하라고 하셔서요. 전화로 연락드리고 싶었지만 늦은 시간에 실례일까 걱정되어 문자 남깁니다.'

아침에 발을 동동 구르며 나에게 당부했던 할머니가 아들에게 다그쳐 남긴 문자였다. 덕분에 아이는 출국을 잘했다며 사례를 하고 싶다고 방법을 묻는 것으로 문자는 끝을 맺었다.

'아주 든든한 아들을 두어 좋으시겠습니다. 아이가 출국을 잘했다니 그걸로 됐습니다. 사례는 안 하셔도 됩니다.'라고 답장을 남겼다.

유독 여권 배달은 여운이 길게 남는 편인데, 아마도 인천공항에서 어디론가 떠나는 이들을 마주하기 때문이 아닐까. 거기에 설렘과 걱정, 즐거움과 후회가 섞여 그 감정이 오롯이 전달된다.

그래서 여권을 배달하러 가면 중요한 소지품을 두고 간 고객에게 잔소리 아닌 잔소리를 하고 싶다가도 여권을 받고 안도하는 모습에 내 말은 안으로 쏙 들어간다. 대신 가족여행이나 잠시 집을 떠날 때면 가방을 확인하고 또 확인하는 습관이 생겼다. 이것도 지하철 택배원의 직업병 아닐지 모르겠다.

별걸 다 배송하는 세상

지하철 택배원은 대부분 비슷한 물건들을 배송한다. 거리가 서울 시내와 근교에 한정되어 있다는 점도 있고, 지하철 택배를 이용하는 수요층이 정해져 있기 때문이다. 주로 서류, 여권, 보청기, 주얼리 등 빠른 배송이 필요하며 크기가 작고 무게가 안 나가는 것들이다.

배송일을 몇 년째 하다 보니 생각지도 못했던 별의별 일들을 다 경험하게 된다. 지금 와서 생각해보면 참 기상천외하고도 별난 주문이었다. 그중 가장 인상 깊고 이전에는 한 번도 예상하지 못했던 것이 '파충류' 배송이다. 다시 생각해봐도 아찔하기만 하다. 사실 인상 깊다기보다는 무섭기까지 했는데, 파충류인 도마뱀을 택배로 배송한다는 건 상상도 해본 적이 없기 때문이다. 이 일이 아니었으면 몰랐을 새로운 세계가 펼쳐진 기분이었다.

물건을 받으러 도착한 곳에는 '이색 애완동물 샵'이라는 간판이 붙어있었다. 입구를 들어서면서부터 정말 별별 걸 다 키우는 시대가 되었다는 걸 알 수 있었다. 샵이 위치해 있는 지하로 내려가자 어두컴컴한 실내에 수많은 어항과 사육장이 있었다. 각각의 사육장에는 밝은 조명이 켜져 있어 어두운 실내지만 사육장 내부가 잘 보였다. 사육장 안에 있는 동물은 거북이, 카멜레온, 개구리, 뱀 등 종류가 정말 다양했다. 동물원에서나 볼 수 있을 법한 다양한 색깔과 크기의 파충류가 눈앞에 펼쳐져 있다는 게 신기하면서도 묘했다.

샵은 젊은 청년들이 운영하고 있었다. 궁금증에 몇 가지 물어보니, 요즘엔 전국 곳곳에서 희귀한 파충류를 키우는 마니아들이 적지 않다고 한다. 햄스터나 앵무새 같은 동물을 키우는 건 봤어도 파충류도 사람들이 키운다는 건 그날 처음 알았다. 게다가 희귀한 종류들이라 몸값이 생각보다 비싸서 깜짝 놀랐는데, 품종별로 사람들이 매기는 가치가 천차만별이라 그 안에서도 서열 같은 게 있다는 사실이 신기하기도 하고 한편으로는 씁쓸하기도 했다.

그날은 지방에 사는 고객이 도마뱀을 주문했기 때문에 고속 터미널로 탁송을 가야 했다. 그 사정을 이해는 하지만 내가 직접 도마뱀을 들고 배달하는 건 다른 문제였다. 그날 배송하는 도마뱀은 흰색에 점박이 무늬가 있는 것으로 다른 것들보다 더 징그러워 보였다. 말은 못 해도 등 뒤에서 식은땀이 나는 게 느껴질 정도였다.

젊은 사장이 이것저것 필요한 것들을 싸는 동안 궁금한 것들을 물어보았다. 내가 배송할 도마뱀을 '게코도마뱀'이라고 부른다고 했다. 개코원숭이는 알았어도 게코도마뱀은 처음 들어보았다.

"사람 손 위에 놓으면 올라타요. 한 번 올려봐 드릴까요?"

사장이 도마뱀을 들어올리며 권했지만 나는 칠색 팔색하며 사양했다. 길에서 마주쳤으면 왔던 길을 되돌아갔을 정도로 무섭고 징그럽다고 하니 젊은 사장이 호탕하게 웃었다.

"제 눈엔 귀엽기만 한데 어르신 눈엔 안 익숙한가 봅니다."

그 말에 적절한 대답을 찾지 못해 가만히 있었다. 익숙함도 익숙함이지만, 어쩌면 호불호의 문제이지 않을까 싶었다. 박스에 도마뱀이 들어있는 사육장과 필요한 물품 그리고 먹이를 차곡차곡 담아 넣었다. 몇 시간을 갇혀 있어야 할 도마뱀이 다치거나 답답하지는 않을까 걱정되는 마음에 포장 과정을 자세히 들여다봤다.

새끼 도마뱀을 넣은 상자를 들고 길을 나섰다. 혹시라도 배송 과정에서 무슨 일이 생길지 몰라 신경이 곤두설 수밖에 없다. 엉거주춤 이

상한 자세로 조심하며 한 발짝씩 걷다 보니 걸음걸이는 느려지고 체감상 두 배로 긴 시간이 소요된 듯했다.

목적지에 도착해서 상자 속 도마뱀의 상태를 확인하고 싶었지만, 상자가 뜯기지 않게 포장되어 있어서 불가능했다. 탁송 신청을 마무리한 다음 상자에 매직펜으로 '조심히 다뤄 주세요!'라고 큼지막하게 쓰고는 눈에 잘 보이도록 여러 번 겹쳐서 진하게 적었다.

택배원으로서 최선을 다했지만 그래도 마음이 놓이지 않았다. 상자 안에 도마뱀이 무사히 주인을 만났으면 하는 마음에 뭉그적대다가 결국 그 게코도마뱀이 실려있는 상자가 고속버스 화물칸에 안전하게 실리는 것까지 두 눈으로 지켜보았다. 그리고 나서 고객에게 탁송 완료 문자 메시지를 보내고 뒤돌아 나왔다.

지금까지 기억에 선명한 오묘한 색깔의 새끼도마뱀은 지금쯤 커다란 어미 도마뱀이 되었을 것이다. 별의별 걸 다 배달해 봤지만 아직

도 게코도마뱀처럼 무서웠던 기억은 없다. 다행히 파충류 배달은 그때가 마지막이었고 한두 번 장수풍뎅이나 사슴벌레 유충을 주문받아 고객에게 건넨 적은 있다.

내가 배송했던 '별의별' 것 중에는 '마리모'라는 것도 있었다. 처음에는 꽃집 주인이 장난을 치는 줄 알았다. 물에 떠다니는 곰팡이 같은 걸 들고 가라고 해서 "웬 곰팡이를 배달해요?"라고 물었더니 직원이 웃으며 설명해줬다.

"물에 떠 있는 게 '마리모'라고 녹조인데, 요즘 사람들이 좋아해요."

"진짜 별걸 다 키우는 세상이네요."

"보고 있으면 은근히 힐링이 돼요."

마리모가 담긴 작은 병을 가방에 넣고 걸으면 심하게 흔들릴 것 같아서 손에 꼭 쥐고 길을 걸었다. 배송하는 동안 물속에 가라앉아 있는 동그란 녹조가 궁금해 요리조리 둘러보다가 한 가정집에 무사히 전달했다. 도마뱀처럼 무섭지 않아 자꾸만 쳐다보게 되는 묘한 매력이 있기는 했다.

집에 와서 인터넷에 '마리모'를 검색해보았다. 기분이 좋으면 물속에서 어느 정도 떠오른다는 걸 알게 되었다. 정말 녹조를 키울 수도 있겠다는 생각이 들었다. 점점 내가 이해할 수 없는 것들이 많아지는 세상이 되었다.

"웬 곰팡이를 배달해요?"

"물에 떠 있는 게 '마리모'라고 녹조인데,

요즘 사람들이 좋아해요."

이게 그렇게 맛있어?

도마뱀 배송 말고도 기억에 남는 건 '곱창 돌김' 배송이다. '김은 김이지 곱창 돌김은 또 뭐람?' 이런 생각을 갖고 있던 나는, 곱창 돌김 구매대행 배송 건이 들어왔을 때 도무지 이해할 수 없었다. 김이 뭐라고 구매대행까지 하면서 시킨다는 말인가. 그래도 일이니 어쩔 수 없이 곱창 돌김을 판다는 재래시장으로 향했다.

시장에 도착하니 특유의 북적거리는 분위기와 정겨운 음식 냄새가 가득해 오랜만에 시장 구경을 하면서 걸었다. 조금 걸어 들어가자 건어물 가게 앞에 '곱창 돌김'이라고 커다랗게 쓰여 있고 좌판에 자르지 않은 김들이 쌓여 있는 집이 나왔다.

"곱창 돌김이 뭐예요?"

"여기 이세 전부 곱창 돌김이에요!"

"구운 거로 24봉지 사야 하는데 구워도 줘요?"

내 말이 떨어지기 무섭게 아주머니가 안에서 미리 구워 포장한 김을 꺼내왔다. 아마 찾는 사람이 많으니 구운 것을 준비해두는 모양이었다. 24봉지를 계산하는 동안 사람들이 계속 찾아와 아주머니는 그새 무척 바빠졌다.

곱창 돌김이 뭔지 궁금해서 이것저것 물어보려다 포기하고 얼른 물건을 받아 나오는데 외국인 관광객도 곱창 돌김을 찾고 있었다. 조금만 늦었어도 줄을 서서 기다려야 했을 것이다. 뭔지는 몰라도 유명한 김인가 보다 하고 걸음을 재촉해 배송받을 사람이 있는 곳으로 향했다.

목적지인 회계 사무실에 배송을 마치고 운송비를 받으면서 넌지시 물었다.

"이게 그렇게 맛있나 봐요?"

그랬더니 직원이 웃으면서 친절히 설명을 해주었다. 사장님이 직원들에게 나눠주라고 시킨 거라며 다른 김보다 맛있다고 했다. 여전히 내 눈엔 다 똑같은 김이라 먹어보기 전에는 모를 일이었다. 궁금증이 가시질 않았지만, 그날 업무는 끝이 났다. 주말에 아내와 장 보러 가면 한번 사 먹어야겠다고 혼자 계획을 세웠다.

그렇게 퇴근을 하고 집에 갔더니 아내가 분주하게 짐을 싸고 있었다. 해외에서 사업을 하는 작은 사위 가족들에게 보낼 물건들을 싸는 모양이었다. 그런데 옆에 서서 지켜보니 그날 배송한 '곱창 돌김'이 눈에 띄었다.

"곱창 돌김이 그렇게 맛있어? 애들한테 보내게?"

"그럼, 이게 요즘 인기잖아."

"나도 한번 먹어봐야겠다. 집에 남은 거 있나?"

"아니, 다 싸고 없는데."

맛있는 걸 바리바리 챙겨서 자식에게 보내는 아내 눈치가 보여서 하나만 빼서 맛만 보자고 말하려다가 속으로 삼켰다. 그렇게 지하철 택배원은 입맛만 다시고는 다음을 기약할 수밖에 없었다. '마트에 가면 꼭 사서 맛을 봐야지.' 이렇게 다짐하며 그날 하루가 끝이 났다.

일을 하다 보면 요즘 유행하는 것들을 뒤늦게 알아채는 경우가 있다. 무엇이든 궁금한 건 풀어야 하고 꼭 해봐야 직성이 풀리는 성격이라 그럴 때마다 서슴지 않고 시도해보곤 한다. 그러다 보니 "할아버지 무척 젊게 사시네요."라는 말을 종종 듣는다.

젊게 살려고 특별히 노력하는 건 아니지만, 호기심을 잃지 않고 살아가려는 태도가 그런 소리를 듣게 만드는 것 같다. 그냥 지나치기에는 요즘같이 즐길 것들이 많은 세상에 너무 아쉬운 것 같아 무엇이든 귀를 기울이고 가능하면 해보려고 노력하며 살고 있다.

택배 분실 사건

무슨 일이든 다 잘되는 날이 있다. 그런 날은 하다못해 지하철이 연착돼도 환승은 타이밍 좋게 이루어진다.

그날도 아침부터 운이 좋았다. 출근길 지하철을 타기 전 이른 시간에 집 근처에서 서울로 가는 배송이 잡혔다. 출근하는 동시에 한 건을 할 수 있게 된 것이다. 말 그대로 횡재한 기분으로 속으로 노래를 부르며 한 건을 마무리하고 동시에 다른 주문이 잡혀 점심시간 전에 2건을 소화할 수 있었다. 평균 하루 2~3건을 하는 택배원에게는 힘들이지 않고 수입도 좋은 행운의 날이었다.

그렇게 그날 하루 동안 제법 쏠쏠한 배송료를 받을 수 있을 것 같아 기분이 절로 좋아졌다. 아내가 싸준 도시락을 꺼내 맛있게 먹고 오더를 기다리기 위해 지하철역 내 의자에 앉았다. 시간을 보내기 위해 핸드폰으로 이것저것 오늘의 뉴스도 훑어보고 어제 열렸던 야구 경기를 볼까 싶어서 유튜브를 열려던 참이었다.

'띠링' 하고 핸드폰 알람이 울렸다. 익숙한 알림음에 '설마' 하고 확인을 해보니 다음 주문이 또 들어왔다. 이번에는 환승을 해야 하는 거리지만, 그다지 먼 거리는 아니었다. 주문 품목이 '자재'라고 되어있어 무게가 좀 나갈까 걱정이 되긴 했다. 그래도 시간 낭비 없이 곧바로 일을 할 수 있어 가볍게 의자에서 엉덩이를 떼고 길을 나섰다.

도착하고 보니 전자제품 서비스센터에서 핸드폰 부품을 받아 다른 지역의 서비스센터에 전달해주면 되는 것이었다. 직원이 미리 튼튼한 종이 쇼핑백에 테이프로 포장을 잘해 놓았다. 들고 가기 편한 손잡이가 달린 쇼핑백이라 한 손에 쉽게 들 수 있었다. 내용물이 핸드폰 부품이어서 크기와 무게가 배송하기에 부담이 없었다.

"어르신, 이게 값이 좀 나가는 거라… 잘 부탁드립니다."

"그럼요. 걱정하지 마세요. 잘 배송하겠습니다."

매장을 나오는 길에 직원이 걱정하길래 평소 나답지 않게 호언장담하고 길을 나섰다. 돌이켜 보면 이미 머릿속에서는 쉬운 일이라는 생각에 마음을 놓고 있었던 같다.

평일 여유로운 오후, 지하철에는 빈자리가 드문드문 있었다. 자리를 잡고 앉아서 물건을 다리 위에 올려놓으니 점심이 과했는지 여유로운 지하철 풍경에 긴장이 풀렸는지 꾸벅꾸벅 졸음이 왔다. 좀체 없는 일에 '왜 이럴까, 왜 이렇게 졸리지?' 생각하면서 정신을 차리려 해도 눈꺼풀이 자꾸만 내려갔다.

그러다가 나도 모르게 깜빡 졸고 만 것이다. 단잠을 자다가 깜짝 놀라 깨보니 기차는 합정역으로 들어가고 있었다. 당산역에서 9호선으로 갈아타야 했는데, 졸다가 한 정거장을 놓쳐버리는 바람에 한강을 건너온 것이다.

"아이고, 지나쳤네!"라는 소리가 입에서 절로 나오면서, 얼른 내려서 반대로 가야겠다는 생각밖에 없었다. 마침 기차는 합정역에 도착해서 문이 열렸고 나는 곧바로 뛰쳐나갔다. 내리는 순간 지하철 문은 닫혔고 안도의 한숨을 쉬는 찰나 손이 허전하다는 사실을 깨달았다. "어어"

이미 늦었다. 출발한 지하철은 다시 돌아오지 않는다. 그렇게 배송 물품을 분실하게 된 것이다. 그때까지 한 번도 배송 중 분실 사고를 내지 않았는데, 그날 그렇게 내 경력에 금이 갔다. 말 그대로 운수 좋은 날이 아닐 수 없었다.

순간 머릿속이 멍해져 아무것도 떠오르지 않고 지하철이 지나간 방향을 쳐다만 보고 있었다. 그러다 사전 교육 시간에 상황별 교육을 들었던 게 생각났다. 바로 '배송 중 분실 시 대처법'이다. 당시에 지루

해도 꼼꼼히 배워둔 덕분에 위급한 순간 바로 생각이 났다.

생각나는 지침대로 얼른 역무실을 향해 뛰어갔다. "어르신, 배송 물건이 값이 좀 나갑니다."라던 직원의 말이 윙윙거리며 머릿속에 계속 맴돌았다. 도착한 역무실에서 상황을 설명하고 분실물을 찾기 위해 신고서 작성을 했다. 내 모습이 걱정되어 보였는지 역무원이 잠시 기다려 보자며 물 한 컵을 건네주고는 의자에 앉아 기다리라고 안내했다.

자리에 앉아서 회사와 고객에게 연락해 상황을 설명했다. 다행히 급한 것은 아니니 물건을 찾을 때까지 기다려 보자는 연락이 돌아왔다. 화를 내거나 닦달할 수도 있는 상황이었는데, 양쪽 다 실수한 나를 질책하기보다는 상황을 지켜보자고 말해 마음을 조금 달랠 수 있었다. 이제 실수를 잘 수습하기만 하면 된다는 생각밖에 없었다.

얼마나 지났을까? 체감상 1시간은 더 지났을 것 같은데 시계를 보니 고작 10분이 흘렀다.

조용한 사무실에 전화벨이 울렸다. 역무원이 나에게 물건이 들어 있던 종이 쇼핑백에 대해 물어봤고, 내가 회사 로고를 말하자 이대역 역무실에 보관되어 있으니 찾으러 가라고 했다. 그사이에 지하철은 빨리도 달려서 이대역까지 도착한 것이었다. 애가 탔지만 분실물을 빨리 처리해준 직원에게 감사의 인사를 꾸벅하고 서둘러 나왔다.

이대역 역무실에 도착해 분실물을 찾으러 왔다고 하니, 역무원이 연락받았다며 배송 물건을 꺼내주었다. 혹시 모를 일을 대비해 내 연락처와 이름을 쓰고 나왔다. 서둘렀지만 분실을 하는 바람에 예상보다 1시간 정도 늦게 배송을 마쳤다. 물건을 받는 분에게도 상황 설명을 해 물건에 하자가 없는지 꼼꼼히 봐달라고 이야기했다. 직원은 내 앞에서 가방을 풀어 이리저리 확인하더니 문제가 없다고 했다. 돌아오는 길에 고객에게 전화를 걸어 사과의 말을 전했다. 결과적으로 문제가 될 일은 없었지만, 믿고 맡겨준 고객에게 죄송한 일인 건 분명했다.

"네, 저희도 방금 물건 이상 없이 잘 받았다고 연락받았습니다. 당황하셨을 텐데 끝까지 잘 해결해주셔서 감사해요."

고객의 대답에 그제야 안도의 한숨을 쉴 수 있었다. 사람은 누구나 실수를 하지만 어떻게 문제를 해결하고 풀어나가느냐에 따라 결과는 180도 달라진다. 처음부터 실수를 안 하는 게 가장 좋지만, 사람이 하는 일이다 보니 눈 깜빡하는 순간 벌어질 수 있는 게 실수다. 나이가 들다 보니 실수가 늘어나기도 한다. 그래서 요즘은 실수를 안 하려고 신경 쓰는 것과 동시에, 실수를 했더라도 잘 해결하고 제대로 사과하는 법도 배워가는 중이다.

그날은 6시가 다 돼도 더 이상 주문이 들어오지 않았다. 한참 동안을 지하철역에 앉아서 기다렸지만 그렇게 3건으로 마무리된 하루였다. 정말 마지막까지 운수 좋은 하루였다.

백 마디 말보다 꽃 한 송이

5월이 되면 각양각색의 꽃을 자주 보게 된다. 야외로 꽃구경을 하러 간다거나 하는 건 아니고, 5월은 꽃바구니 배송 철이기 때문이다. 누가 이름 붙였는지 모를 '가정의 달'은 바쁘게 살아가는 현대인들을 위해 생겨난 것 같다. 특정한 날을 정하지 않으면 눈코 뜰 새 없이 바빠서 가장 가까이에 있는 가족들에게 소홀해지기 쉬우니 '가정의 달'이라는 것을 만들어 주변을 돌아보게 한 것 아닐까.

해마다 5월이면 주로 꽃바구니를 들고 이곳저곳에 있는 어버이들에게 배송을 나간다.

꽃바구니를 받는 사람들의 반응은 크게 두 가지로 나뉜다. 대부분 익숙하다는 듯이 받아 들지만, 의외로 툴툴거리며 받는 사람도 있다.

'꽃 말고 얼굴이나 보여주지'라고 푸념하는 것 같은 표정이다.

꽃바구니 배송을 하면서 자식은 나이가 들어도 평생 부모의 마음을 알 수 없을 거라는 사실을 다시 한번 깨달았다. 꽃 말고 자식 얼굴 한 번 더 보는 게 최고의 선물이라는 걸 누구보다 잘 알기에, 그런 푸념을 들으면 "그래도 자식이 꽃도 보내주고 좋으시겠어요."라고 한마디 보탠다. 그러면 무심한 것 같던 얼굴에 옅은 미소가 스치고, 지하철 택배원의 미션도 성공이다. 생판 처음 보는 사람에게서 듣는 자식 칭찬 한마디면 그걸로 충분하다.

그날도 여느 때와 같이 곱게 포장된 꽃바구니를 들고 아파트로 향했다. 5월에는 카네이션으로 만든 꽃바구니를 많이 선물하는데, 이번 꽃바구니는 여러 종류의 꽃들이 풍성하게 담겨 있어서 특별히 시선을 사로잡았다. 꽃바구니를 받아든 순간 너무 예뻐서 꽃집 주인에게 감탄사를 연발했다. 이처럼 센스 있는 선물을 받는 부모는 어떤 사람일지, 과연 어떤 반응을 보일지 속으로 궁금했는데 내 예상은 모두 빗나갔다.

'딩동~' 집 앞에 도착해서 아무리 초인종을 눌러도 인기척이 없이 고요했다. 꽃바구니를 문 앞에 두고 가는 방법밖에 없을 것 같아 하는 수 없이 자초지종을 설명하기 위해 주문한 고객에게 전화를 걸었다. 아들인 것 같은 젊은 남자가 전화를 받았다.

"꽃바구니 배달시키셨죠? 지금 집 앞인데 아무도 안 계시나 봐요. 문 앞에 두고 가겠습니다."

"어, 어머니가 계실 건데. 어디 가실 데도 없을 텐데요…."

"그럼, 잠깐 기다릴게요. 연락해 보세요."

"네, 감사합니다. 어르신."

그렇게 전화를 끊고 복도에 서서 연락을 기다리는 동안 자세히 살펴보니 집 앞에 택배 상자가 쌓여 있는 게 보였다. 하루 동안 쌓였다기에는 숫자가 너무 많았다. 작은 봉투에 담긴 택배까지 며칠 동안 택배를 안 가지고 들어간 게 분명해 보였다.

순간 무슨 일이 있는 건 아닌가 걱정스러운 마음에, 직감적으로 꽃바구니 배송이 문제가 아닐 수도 있겠다는 생각이 들었다. 좀 전에 연락한 고객도 어머니의 상황을 자세히는 모르는 것 같아 연락을 기다리면서 초조해졌다. 그렇게 몇 분을 더 문 앞에 서서 기다렸는데, 안에서 문이 열리는 소리가 들렸다.

"누구세요?" 현관문이 빼꼼 열리더니 할머니 한 분이 고개만 내민 채로 나를 쳐다봤다. 잔뜩 경계하는 듯한 모습이라 천천히 알아듣기 쉽도록 꽃바구니 배송을 왔다고 전했다. 내 설명을 듣고서는 느릿하게 현관문이 마저 열리고 연세 지긋한 할머니와 대면할 수 있었다. 할머니 눈앞에 꽃바구니를 보여드려도 별다른 내색이나 반응 없이 그저 내려다보기만 했다. 꽃바구니를 달가워하지 않는 듯한 느낌에 '오늘도 푸념을 듣겠구나' 예상하곤 서둘러 배송을 마쳐야겠다는 생각을 했다.

그렇게 인사를 하고 돌아서려는 순간 눈가가 촉촉해진 할머니의 얼굴을 보게 되었다. 그 모습을 보고 있자니 온갖 생각이 다 들었다. '꽃바구니가 마음에 안 들었을까?', '자식이 보고 싶으신가?'

"할머니 무슨 일 있으세요?"

"자식들이 챙겨준 게 고마워서요. 주책이죠. 이 나이 먹고."

"너무 기쁘면 그러실 수 있죠. 자식들이 잘 챙겨주나 보네요."

"올 초에 애들 아버지가 떠나고 처음인데 생각지도 못했네요. 매번 그이가 챙겨줘서…."

"혼자 많이 적적하시겠어요."

"그렇죠…."

거기서 무슨 말을 더할 수 있을까. 어떤 말도 할머니에게는 위로가 되지 못할 게 뻔했다. 여전히 눈가가 촉촉하게 젖어있는 할머니를 모른 척하고 지나칠 수 없어서 할머니를 집 안으로 들어가시게 하고 앞에 쌓여 있던 택배 박스들을 현관으로 하나씩 옮겼다. 무게가 나가는 것들은 할머니가 안으로 들여다 놓을 엄두도 못 냈을 테고, 더군다나 택배를 신경 쓸 겨를도 없었던 것 같았다.

옆에서 연신 "고마워서 어떡해."라며 미안해하는 할머니가 마음에 걸려, "할머니, 거기 그러고 있는 게 내가 더 불편해요! 들어가세요."
라고 한소리를 하니 군말 없이 지켜만 보고 계셨다.

현관에 차곡차곡 박스들을 정리하고 마지막으로 꽃바구니는 거실 탁자 위에 올려두었다. 휑하게 비어 보이던 거실이 꽃바구니 덕분에 생기가 도는 듯해 신경 쓰이던 마음도 풀렸다.

"할머니, 이제 눈물을 거두시고 예쁜 꽃 보면서 자식들한테 고맙다고 연락이나 해보세요."

"아저씨 앞에서 내가 별꼴이죠. 정말 고마워요…."

"저도 할머니 덕분에 예쁜 꽃 많이 봤어요."

그렇게 몇 번이나 고맙다는 인사를 더 듣고 그 집에서 나왔다. 나도 어디 가서 할아버지 소리를 듣는 사람인데, 그 할머니 앞에서는 나이를 내세울 수도 없어서 그저 묵묵히 내가 할 수 있는 위로를 해드렸다.

이제 꽃바구니를 받은 사람들의 반응에 하나가 더 보태졌다. 사무친 그리움과 챙겨주는 이에 대한 고마움에 눈물을 보이는 사람도 있다는 것.

꽃바구니 배송을 마치고 아파트를 나서니 하루의 절반이 지나갔다. 얼른 일을 마치고 가족의 품으로 돌아가고 싶은 마음을 시샘이라도 하듯 그날따라 시간이 느리게 흘러갔다.

국경을 넘은 생일 케이크

동네 빵집에서 방송국까지 배송해달라는 주문이 접수되었다. 빵집 배송인 경우 급한 생일 케이크 배송이 대부분이라 배송 물품을 어느 정도 예상하며 빵집으로 갔다.

동네의 작은 빵집으로 생각하고 들어선 곳에는 진열장에 케이크만 한가득 있고 따로 빵을 판매하는 것 같지는 않았다. 게다가 내가 생각한 케이크와는 다른 모양들이 많아서 조금은 당황스럽기까지 했다. 갖가지 모양에 이것저것 색다른 장식들이 화려하게 올려져 있어서, 이게 도대체 먹을 수 있는 건지 눈요기용으로 만든 건지 모를 정도였다.

이때까지 케이크는 동그란 모양에 하얀 생크림이 전부인 줄 알았는데 이곳엔 별 모양, 트리 모양 등등 케이크 모양이 아주 다양했다. 얼핏 보면 나 같은 사람은 이게 케이크라고 생각지도 못할 정도로 별별 모양의 케이크들이 있었다.

얼마간 진열장을 구경하고 있으려니 포장이 끝났다며 주인이 완성된 케이크를 가지고 나왔다. 투명 플라스틱 포장이라 안에 케이크가 훤히 보였다. 포장된 케이크는 진열장에서 본 케이크처럼 화려한 장식들이 꽂혀 있고 각종 영어 이니셜과 숫자 '25'가 쓰여 있었다. 보통의 케이크를 만들 때보다 배로 시간이 들어갈 것처럼 보여서 값이 꽤 나갈 것 같았다.

"이렇게 예쁜 건 비싸죠?"라고 주인에게 물었다. 젊은 친구들 사이에서 유행이라 비싸도 찾는 사람이 워낙 많아 일손이 부족할 정도라는 대답이 돌아왔다. 은근슬쩍 장사가 잘된다는 소리를 돌려 말하는 주인은 기분이 좋아 보였다.

"요즘 사람들은 이왕이면 예쁘고 좋은 것만 주고 싶어 하니까요."

주인은 조심히 잘 부탁드린다는 말을 덧붙이고는 다시 주방으로 들어갔다. 가는 길에 흔들려서 케이크가 망가질까 봐 평행을 잘 맞추고 걷느라 평소보다 팔에 힘이 더 들어갔다.

지하철을 타고 가는 동안 이따금 젊은 사람들과 눈이 마주쳤는데, 아무래도 그들 눈에는 화려한 장식의 케이크와 내가 어울리지 않아 보였을 것이다. 그러니 나를 자꾸 쳐다보는 거겠지? 사람들의 시선을 의식하고 나니 민망해져서 몸으로 슬쩍 케이크를 가렸다. 물론 그들은 아무 생각이 없을 수 있겠지만, 평소에 안 하던 행동을 하면 주변 사람 눈치를 보는 게 당연해 지레짐작으로 마음이 쓰였다.

방송국에는 서류 배송으로 종종 오곤 했지만, 그날은 차분하지만 분주하게 돌아가던 평소의 방송국 분위기와 달랐다. 건물 주변을 둘러싸고 멀리서부터 긴 줄이 늘어서 있었고, 가까이 다가갈수록 사람들이 몰려 있어 웅성거리는 말소리와 어수선하고 들뜬 분위기가 느껴졌다. 방송국 로비로 들어가려면 바깥에 줄을 선 사람들을 비집고 가야 해서 할 수 없이 쭈뼛쭈뼛 양해를 구하고 어렵게 로비 입구까지 갔다.

로비로 들어가려는 순간 경비원이 달려와 입구를 막아섰다. 잘못한 것도 없는데 사람들이 달려와 나를 제지하려고 하니, 마치 내가 범죄자라도 된 듯 심장이 두근거렸다.

"팬분들은 방송국 입장 불가합니다. 밖에서 줄을 서세요."

"네? 케이크 배달 때문에 왔습니다. 저 팬 아니에요."

"아… 네. 그럼 전달하고 바로 나오셔야 합니다."

그렇게 입구에서 경비원과 약간의 실랑이를 하고선 떨떠름하게 방송국으로 들어갈 수 있었다. 아마 경비원은 내가 들고 있는 케이크 때문에 오해를 한 것 같은데, 누가 봐도 내가 25살 연예인을 좋아할 나이로는 안 보일 텐데 무턱대고 사람을 막는 경비원 때문에 기분이 썩 좋지는 않았다. 조금만 자세히 들여다보면 문 앞에서 무안을 줄 일이 없었을 텐데 말이다.

우여곡절 끝에 로비에서 고객에게 도착 문자를 남기고 기다리자 멀리서 두 여성이 걸어오는 게 보였다. 옷을 잘 모르는 내가 보기에도 값이 좀 나가 보이는 차림을 한 그들은 마치 좋은 저녁 식사 자리에 초대되어 머리부터 발끝까지 신경을 쓴 것 같아 보였다.

그들은 가져온 케이크가 이상이 없는지 이곳저곳 꼼꼼히 살피더니 뜻밖에도 일본어로 이야기를 나누었다. 그때까지 외국인인지 전혀 몰랐기 때문에 순간 어떻게 말을 건네야 하나 걱정이 들었다. 번역기를 써야 하나 생각하던 순간 내게 한국어로 유창하게 말을 걸어왔다.

"한국분이세요?"

"아니요, 저희는 일본 사람이에요."

알고 보니 일본인 고객이 아이돌 생일 케이크를 주문한 거였다. 외국인이 지하철 택배를 이용할 거라고는 생각지도 못해서 놀라움이 더 컸다. 게다가 한국어를 유창하게 구사해서 소통하는 데 전혀 문제가 없는 게 신기했다. 능숙하다 못해 한국인이라고 해도 믿을 수 있을 것 같았다.

"오늘 연예인 생일인가 봐요?"

"네, 내가 좋아하는 가수 생일이라서 친구랑 주문한 거예요."

"외국인이신데 정성이 대단하네요."

"이건 별 게 아니죠. 직접 보려고 비행기 타고 왔는데요."

정산을 하면서 몇 마디 나누었는데, 연예인의 생일 때문에 비행기를 타고 왔다는 사실까지, 놀라움의 연속이었다. 자연스럽게 내 입에서 "세상에, 대단하네요."라는 소리가 나왔다.

두 사람은 덕분에 케이크를 잘 받았다며 밝은 미소로 꾸벅 인사를 하며 왔던 길로 다시 돌아갔다. 아마도 생일 케이크는 잘 전달되었을 것이다. 그런 케이크를 받는 사람의 마음에도 사랑과 감사가 넘쳐 두고두고 행복한 기억으로 남을 것이다. 그 행복감에 나도 일조했다는 생각으로 약간의 뿌듯함을 안고 돌아섰다.

배송을 마치고 왔던 길로 나가는데 나를 주시하는 경비원의 눈길이 느껴졌다. 다행히 이번에는 앞길을 막아서지 않았지만, 내 손에 케이크가 있는지 없는지 확인하는 눈치였다. 출입문을 열고 나가니 좀 전보다 길어진 줄이 보였다. 다들 군말 없이 현장에 있는 스태프의 안내 아래 질서정연하게 서 있는 모습이었다.

방금 만난 두 사람처럼 다들 두 손 가득 무언가를 들고 있었다. 직접 손으로 만든 것 같은 피켓부터 갖가지 모양의 인형과 꽃다발 등 종류도 다양했다. 좀 전에 만난 빵집 사장님의 말이 떠올랐다.

'무엇이든 좋고 예쁜 걸 주고 싶은 마음.'

누군가는 별나다고 할 수 있겠지만, 좋은 걸 좋다고 적극적으로 표현하는 젊은이들이 사랑스러워 보였다.

요즘 사람들은 이왕이면 예쁘고
좋은 것만 주고 싶어 하니까요

상패를 전달해 드립니다

고속터미널역에서 탁송으로 온 자그마한 종이 상자를 들고서 고객을 만나기 위해 홍대입구역으로 향했다. 역시 대학가 근처라 그런지 곳곳에 젊은 친구들의 패션이 내 눈을 사로잡았다. 그들 무리를 지나서 약속 장소로 걸어갔다.

근처의 공원에 도착했더니 네다섯 명의 여대생들이 나를 반갑게 맞이해주었다. 분위기가 마치 늦게 파티 장소에 찾아온 손님을 맞이하는 사람들 같았다. 실제로도 다들 들떠 있어서 무슨 일인지 몰라도 기분 좋은 순간에 내가 등장을 했다는 사실을 알 수 있었다.

"할아버지, 저 친구가 오늘 목 빠져라 기다렸어요."

지하철 택배를 하면서 처음 겪어본 기분 좋은 환대였다. 친구들이 가리키는 곳에 있던 학생이 얼굴에 빨갛게 달아올라, 아니라고 했지만 입이 귀에 걸린 걸 보니 친구들의 말이 맞는 것 같았다. 오늘 마지막 주문이라 시간이 남았던 나도 분위기에 휩쓸려 잠시 본분을 잊고 볼 빨간 친구와 그 친구들을 흐뭇하게 지켜보았다.

"이 상자가 그렇게 중요해요?"

"제가 공모전 당선돼서 받은 상패예요. 코로나 때문에 시상식에 못 갔거든요."

그러자 주변에 있던 친구들이 "대상이라고 해야지!"라며 더 신나서 나에게 대답을 해주었다. 같은 미대 동기 친구들이었는데, 서로 자기가 수상이라도 한 듯 들떠서 물어보지도 않은 것들을 미주알고주알 말해주었다.

뜻밖의 배송 품목에 덩달아 기분이 좋았는데 대상이라고 하니 더 의미가 있었다. 이대로 배송만 마치고 상자를 전해주는 건 이렇게 의미 있는 날에 어울리지 않았다. 나도 덩달아 축하해주고 싶은 마음이 들어 오늘의 주인공에게 조심스럽게 다가가 내가 직접 전달해줘도 되겠느냐고 물었다. 그렇게 나의 제안에 친구들의 호응까지 합쳐져 간이 시상식이 홍대 앞의 한 공원에서 열렸다.

목소리를 가다듬고 상패에 적힌 글을 차분히 읽어내려갔다. 이럴 때는 나이가 들었다는 게 오히려 도움이 되었다. 하얗게 센 머리와

"할아버지 덕분에 더 의미 있게 됐어요."

주변 친구들이 사진까지 찍어주며 감사의 마음을 표현했다.

우리끼리의 작은 시상식은 지나가던 사람들이 기웃기웃하며

들여다볼 정도로 부산스럽고 유쾌한 추억이 되었다.

중저음의 목소리가 그럴듯하게 느껴졌기 때문이다. 오늘 처음 보는 학생이지만 살면서 처음 받는 대상에 아이처럼 좋아하는 순수한 마음과 열정이 아름다워서 존경의 마음을 담아 상패를 건네주었다. 비록 지하철 택배원이 전해주는 상패지만 개의치 않고 밝게 받아준 학생의 표정이 아직도 아른거린다.

"할아버지 덕분에 더 의미 있게 됐어요."

옆에 있던 친구들이 사진까지 찍어주며 감사의 마음을 표현했다. 우리끼리의 작은 시상식은 지나가던 사람들이 기웃기웃하며 들여다볼 정도로 부산스럽고 유쾌한 추억이 되었다.

운임 비용을 거슬러주려 했는데 학생들이 기어이 잔돈을 받지 않았다. 지하철 택배원으로서는 감사한 일이지만, 상패를 전달해준 어른으로서 그러면 안 될 것 같아 잠시 고민했다. 결국, 남은 거스름돈과 천 원짜리 몇 장을 더해 붕어빵을 사서 나눠 먹자고 학생들을 꼬드겼다. 거스름돈을 마다하던 친구들이 예상대로 붕어빵에는 홀랑 넘어가 근처에 있던 붕어빵 장수에게 우르르 몰려가 붕어빵 한 개씩을 나누어 먹었다.

역할 대행까지 포함한 지하철 택배원의 임무는 그렇게 끝이 났다. 이 배송을 끝으로 퇴근하겠다고 회사에 보고하고 한껏 뿌듯한 마음을 안고 집으로 향했다.

코로나바이러스 때문에 생략된 시상식이 이렇게라도 재현될 수 있어서 다행이었다. 몸은 멀더라도 마음은 함께 나누어야 이겨낼 수 있는 시기였다. 형식적인 행사는 생략하더라도 축하와 격려의 마음은 더 적극적으로 표현하는 것이 이 시대의 올바른 소통법이라고 생각한다.

'표현하지 않으면 알지 못한다'라는 말들을 많이 하는데, 모든 인간관계가 그렇지 않을까 싶다. 생전 처음 보는 고객들에게도 마찬가지다.

그렇게 오늘도 물건을 건네주고 돌아서서 나올 때 한 번 더 목소리를 가다듬고 인사를 한다. 오늘도 내가 일을 할 수 있어서, 친절하게 지하철 택배원을 대해주어서 고맙다는 마음을 전한다.

초보 사진기사의 카메라

오전 배송을 마치고 점심 도시락을 꺼내 먹으려고 할 때 사무실에서 급한 주문이 들어왔다. 고객이 빠르게 배송하길 원해서 운임도 평소보다 비싸게 책정되었다. 배가 고프다는 이유로 거절할 수 없어서 도시락을 도로 가방에 넣고 배송지로 향했다. 위치는 송파구의 끝자락에 위치한 택시 회사였다.

평소라면 9호선 일반 열차를 타고 갔을 역이지만, 사무실에서 빨리 처리해야 한다고 재촉하는 바람에 급행열차를 타고 내려서 일반열차로 갈아타기로 했다. 몇 분 차이는 안 나겠지만 번거롭더라도 빨리 움직이는 게 좋을 것 같았다.

찾아간 곳엔 택시 운전기사들의 휴게 공간에 사무용 책상 하나가 놓여 있었다. 책상에 앉아 있는 여직원에게 지하철 택배를 시킨 게 있느냐고 물어보았다. 그랬더니 여직원은 모니터에서 눈도 떼지 않은 채 주문한 적 없다고 시큰둥하게 대답했다. 주변을 둘러보니 다들 핸드폰을 보면서 한가하게 쉬고 있는 기사들뿐이었다.

가뜩이나 잰걸음으로 서둘러 왔는데 문제가 있는 게 분명해 보였다. 건물에서 나와 어떻게 된 일인지 물어보려고 회사에 전화하려는데 주차장에서 택시 기사 한 명이 나에게 소리쳤다.

"어르신, 지하철 택배원이죠? 타세요. 역까지 태워 드릴게!"

대뜸 택시에 타라는 기사의 성화에 못 이겨 무슨 상황인지는 몰라도 일단 택시에 올라탔다. 기사는 조수석에 손을 뻗어 묵직한 카메라 가방을 건네주었다. 전문가용 카메라인지 무게가 제법 나갔다. 기사는 지하철역까지 가는 동안 자초지종을 얘기해주었다. 오전에 서울역에서 택시를 탔던 승객이 실수로 카메라 가방을 두고 내리는 바람에 한바탕 난리가 났던 모양이다.

"말도 못 해요. 겨우 연락했더니 그 사람이 카메라 잊어버린 줄 알았다고 울먹거리는 거예요. 그렇게 중요한 거면 잘 챙겼어야지, 아유~."

"이게 중요한 카메라인가 보네요?"

"안에 데이터가 있다나 뭐라나. 내가 뭘 알겠어요. 중요하다니까 그런가 보다 하는 거지. 덕분에 점심 운행은 끝났죠, 뭐."

말로는 툴툴거리며 귀찮은 것처럼 보였던 기사는 그래도 마음이 쓰였는지 내내 "그래도 찾아서 다행이죠."라며 혼잣말을 되뇌었다. 지하철역에서 내려서 10분 넘게 걸어 들어갔던 길을 택시 운전기사가 요리조리 빠르게 달려 5분도 채 안 된 시간에 도착했다.

"어르신, 물건 안전하게 잘 부탁드릴게요."

"네, 내가 잘 전달할게요. 고맙습니다."

자신의 하루 밥벌이가 달린 일도 마다 않고 나를 태워다준 기사의 배려에 말할 수 없는 고마움을 느꼈다. 점심 식사가 늦어져 배 속에서 난리가 났지만, 자초지종을 알게 되니 더 서두를 수밖에 없었다. 이럴 땐 지하철이 아니라 직접 운전을 해서라도 빨리 전해주고 싶다는 마음이 굴뚝 같은데, 그럴수록 한 걸음이라도 빠르게 걷는 게 최선이다.

잃어버린 물건을 찾는 것은 지하철 택배원으로 일하면서 종종 만나게 되는 일인데, 다른 사람의 배려나 선의에 의한 행동이 아니면 대부분 찾기 힘든 게 현실이다.

오늘 같은 경우도 택시 기사가 적극적으로 주인을 찾아주려고 연락하고 수소문해서 바로 주인을 찾았지만 대부분 귀찮으니 경찰서에 맡기는 경우가 허다하다. 물건을 돌려받기까지 여러 사람의 정성이 필요하다는 사실을 이 일을 하고 알게 되었다.

카메라 주인과 만나기로 한 회사 입구의 로비에 도착해서 문자를 보내려는데, 젊은 청년이 뛰어오는 게 보였다. 직감적으로 카메라의 주인이라는 게 느껴졌다.

"지하철 택배로 카메라 배달 주문하셨죠?"

"네, 맞습니다. 제가 택시에 놓고 내려서요."

전달이 끝나지도 않았는데 카메라 가방을 들고 가 이것저것 살펴보더니 안에 내용물을 다 있는 것을 확인하고선 안도의 한숨을 쉬는 게 보였다. 카메라를 찾았다는 안도감에 벅차서인지 빨갛게 상기된 얼굴로 무사히 배달해주어서 감사하다고 꾸벅 인사를 했다.

물건을 배송하는 게 내 일이니 내 할 일을 다 한 것뿐이어서 나한테 감사 인사는 안 해도 괜찮지만 좀 전에 만난 택시 기사의 이야기를 안 해줄 수 없었다.

"나는 할 일을 한 것뿐이고요, 감사는 택시 운전기사 분에게 하면 좋을 것 같습니다."

"제 실수로 민폐를 끼친 분이 많네요. 어르신 말대로 이따 연락드리겠습니다."

생각보다 앳되어 보이는 청년이 자책하듯 카메라를 꼭 끌어안고 있는 모습이 안쓰러워 보이기도 했다. 결과적으로 잘된 일이니 훌훌 털어버리고 카메라로 좋은 것들을 많이 담았으면 좋겠다고 덕담을 건네며 한마디 더 얹어 물었다.

"사진 기사예요?"

"네, 카메라 잃어버리는 초보인데, 이 일로 밥 먹고 살아요."

옆에서 어떤 말을 해주는 것보다 청년이 스스로 깨달은 게 많은 눈치였다. 초보 시절을 돌이켜보면 누구에게나 한 번쯤 있는 커다란 실수의 순간이 청년에겐 오늘이 아닐까 싶었다. 운임 비용을 현금으로 받아 잔돈을 거슬러주려 했지만, 청년이 한사코 거절했다. 거스름돈 지폐 몇 장을 다시 가방에 넣고 늦은 점심 도시락을 먹기 위해 다시 지하철역으로 향했다.

카메라가 무사히 배송되었다는 소식이 택시 기사에게도 잘 전달되었길 바랐다. 기사의 친절과 배려 덕분에 초보 일꾼이 더 단단하게 성장할 수 있는 계기가 되었을 것이다. 두 사람 사이를 오작교처럼 건너 카메라를 건네준 오늘 하루가 좀 오래 기억에 남을 듯하다.

노신사의 마지막 맞춤 양복

요즘은 옛날만큼 동네에서 양복점을 찾아보기 힘들고 대부분 기성 양복을 사 입어 예전보다 그 인기가 덜하다. 하지만 양복을 입는 직장인들에게는 맞춤 양복에 대한 로망이 있기 마련이다. 그래서 주문 배송지에 '양복점'이라고 쓴 것을 보며 오랜만의 설렘을 느꼈다.

가을, 떨어지는 낙엽을 버석버석 밟으며 가벼운 발걸음으로 향한 곳은 노신사가 운영하는 양복점이었다. 내가 도착했을 때 마지막 포장 작업을 하고 있어서 잠깐 주변을 둘러볼 여유가 있었다.

노신사의 양복점은 주인만큼이나 세월이 묻어나 고급스러운 분위기가 엿보였다. 가게의 곳곳에 배어있는 세월의 흔적으로 노신사가 이곳에서 얼마나 오랫동안 양복을 만들어 온 베테랑인지 자연스레 알게 되었다.

노신사는 눈이 침침한 듯 두꺼운 돋보기안경을 끼고선 마지막까지 꼼꼼하게 양복을 확인하고 포장을 끝냈다. 나보다 나이가 많아 보이는 노신사는 포장한 양복을 나에게 건네주면서 받는 사람의 주소를 한 번 더 확인하고는 책상 서랍에서 편지 봉투를 꺼내주었다.

"제 친구에게 보내는 거라… 잘 부탁드립니다."

그렇겠노라고 짧은 대답을 하고선 양복점을 나왔다.

양복을 배송하는 곳은 지하철로 몇 정거장 안 되는 곳에 위치한 요양병원이었다. 혹시라도 가는 길에 양복이 구겨지지 않을까, 바닥에 끌리지는 않을까 걱정되어 어깨높이 정도로 번쩍 든 채로 지하철을 탔다.

한 손에 들린 편지 봉투를 가방에 넣으려다 보니 봉투 겉면에 '내 친구 ○○에게'라고 쓰여 있었다. 마지막일지 모르는 양복을 손수 정성스럽게 지어서 전달하는 친구의 애틋한 마음이 느껴지는 듯했다. 나도 모르게 배송지가 병원이 아니었으면 얼마나 좋았을까 싶은 마음이 들었다.

양복점 주문을 받고 설레었던 것도 잠시, 지하철역에서 나와 요양병원으로 향하는데 가을 풍경이 조금 전과 다르게 왠지 처량하고 슬프게 느껴져 애써 땅을 보고 걷지 않으려고 노력했다. 양복의 무게 때문에 저려오는 팔의 통증을 묵묵히 참으며 요양병원에 도착했을 땐 짧은 해가 뉘엿뉘엿 넘어가고 있었다. 요양병원 안으로는 마음대로 외부인이 들어갈 수 없어서 1층 안내 데스크에 찾아온 호실을 말하고 누군가 양복을 가지러 오길 기다릴 수밖에 없었다.

1층 한쪽에 마련된 접견실에 들어가 구겨지지 않도록 양복을 책상 위에 반듯이 올려두고 사람을 기다렸다. 양복점에서 만난 노신사처럼 머리가 희끗희끗하고 주름진 얼굴을 떠올리며 잊지 않으려 가방에서 편지 봉투를 꺼내 두 손에 쥐고 서 있었다.

얼마 지나지 않아 노부부가 접견실로 들어왔다. 노신사의 친구분은 휠체어에 타고 있었고 부인이 휠체어를 밀고 들어왔다.

"친구분이 양복 배달을 주문하셔서 가져왔습니다."

"누가요?"

내가 올 거라는 사실을 몰랐다는 듯, 두 사람은 영문을 모르겠다는 표정으로 서로를 바라봤다. 내가 생각했던 것과 다른 반응이라 얼른 두 사람의 이해를 돕기 위해 같이 들고 온 편지를 전달했다. 부인이 대신 편지를 읽었는데, 친구분은 아무래도 눈이 침침해 글씨가 잘 안 보이는 듯 편지에는 눈길조차 주지 않았다. 부인이 대신 편지를 읽고선 내가 이곳에 온 이유를 알았는지 말을 이어갔다.

"아, 이 사람 오랜 친구인데… 우리 모르게 이런 걸 준비했나 보네요."

"네, 정성스럽게 양복 손질을 하셨어요."

편지를 다 읽은 부인이 남편의 귓가에 대고 큰 목소리로 "친구가 양복을 보냈어요."라고 말하자 그제야 노신사의 얼굴에 희미한 미소가 번졌다. 말과 행동이 조금은 어눌해 보였지만 부부가 의사소통은 가능한 것처럼 보여서 한편으로 마음이 놓였다.

그렇게 양복 배송을 끝내고 회사에도 주문을 완료했다는 메시지를 보내놓았다. 노부부와 함께 응접실에서 나오려는데 노신사가 버둥거리는 바람에 휠체어가 순간 균형을 잃고 휘청였다. 옆을 지나던 내가 반사적으로 휠체어를 잡아서 노신사가 넘어지는 것을 막을 수 있었다. 적잖이 놀란 두 사람을 진정시키고 바닥에 떨어진 양복을 주워 들었다.

"갑자기 왜 그래요? 뭐 필요해요?"

부인이 다가가서 상태를 살피자 노신사는 환자복 위에 걸치고 있던 카디건이 답답하다는 듯 옷자락을 잡고서 버둥거렸다. 부인은 말하지 않아도 다 안다는 듯 카디건을 벗겨주고 "양복이 입고 싶다는 거지?"라고 물어보곤 내가 들고 있던 양복의 상의를 꺼내 어깨 위로 걸쳐주었다. 엉성하게 걸친 양복이지만 환자복보다 훨씬 잘 어울리는 것 같았다. 실제로 본 적은 없어도 그가 양복을 입고 일을 하는 게 상상이 될 정도로 양복이 잘 어울리는 사람이었다.

그제야 노신사는 버둥거림을 멈추고 어린아이가 새 옷을 입은 것처럼 양복 상의를 쓰다듬었다.

"한평생 양복을 입었는데, 저게 저렇게 좋은가 보네요."

"여전히 양복이 잘 어울리세요."

부인과 짧은 인사를 끝으로 돌아서서 요양병원을 나왔다. 양복 한 벌 배달했을 뿐인데 한 사람의 인생을 엿본 것처럼 여운이 길어 발걸음이 저절로 느릿느릿해졌다.

하루 두세 건 반복되는 지하철 택배 일이지만, 내가 배송하는 물건에는 언제나 사람도 이야기도 함께 전달된다. 무심코 스쳐가는 배송이라도 최선을 다하고 끝으로 감사의 인사를 전하는 것도 이런 이유에서다. 나를 통해 보내는 사람과 받는 사람의 마음이 잘 전달되어 통하길 늘 바란다.

제 친구에게 보내는 거라.

잘 부탁드립니다.

수표를 왜 나한테 맡겨요?

배송 물건으로 받은 봉투를 슬며시 엿보았다가 인생 최대의 충격을 받은 날이 있었다. 평범하던 하루가 그 뒤로 첩보 영화를 찍듯 아슬아슬한 게 심장이 터질 것만 같았다. 지금 다시 생각해봐도 그게 가능한 일인가 싶기만 하다.

한동안은 무서워서 어디에서도 말하지 않았는데, 주변에 이야기하면 대부분 믿기지 않는다는 얼굴로 나를 바라봤다. 그 일 덕분에 세상엔 상식적으로 이해되지 않는 일들이 많이 벌어진다는 사실을 알게 되었다.

여느 날처럼 평범하게 주문을 받고, 물건을 받으러 한 사무실에 도착하니 얇은 편지 봉투 하나가 내게 주어졌다. 별다른 내용 설명이나 당부의 말이 없어서 그냥 평범한 서류인 줄 알았다. 편지 봉투를 주는 남성 고객도 별말 없이 물건만 내어주곤 "1시간 안에 부탁드립니다." 라고 한 게 전부였다. 지하철역까지 가는 마을버스를 타려면 시간이 촉박해서 봉투를 들고 헐레벌떡 다시 왔던 길을 돌아가, 마침 도착한 마을버스에 정신없이 올라탔다.

고객이 있는 판교역으로 가기 위해 평소처럼 지하철을 탔는데, 순간 봉투를 가방에 잘 챙겼는지 기억이 없어 아차 싶은 마음에 가방을 열어보았다. 다행히 봉투가 그대로 잘 있었다. 그때 봉투가 밀봉되지 않고 열려 있는 걸 알게 되었다. 미리 알았더라면 분실 위험이 있으니 고객에게 밀봉을 요구했을 것이다. 이미 떠난 지하철이었고 내용물이 잘 들어있나 확인하기 위해 봉투 안을 봤다가 내 두 눈을 의심했다.

편지 봉투 안에 든 건 100만 달러짜리 수표였다. 이리 보고 저리 봐도 숫자는 100만 달러가 맞았다. 수표를 확인하는 동안 너무 긴장된 나머지 이마에서는 식은땀이 나고, 심장이 빨리 뛰어 심장박동 소리가 내 귀에 들리는 것 같았다. 수표가 든 편지 봉투를 얼른 가방 깊숙이 집어넣고는 가방을 품 안에 꼭 끌어안았다.

살면서 내가 10억이 넘는 돈을 만져볼 거라고 생각이나 했을까. 로또 1등도 본 적이 없는데 배송 물건으로 건네받은 게 100만 달러 수표라니…. 실감이 나지 않았다.

판교역까지 가는 1시간이 내 인생에서 가장 긴 시간이었다. 가방을 꼭 끌어안은 채 아무것도 할 수 없었고, 혹시나 가방을 잃어버리지 않을까 경계하느라 어깨와 목이 결려올 정도였다. 도저히 이 상황이 이해가 안 됐다.

순간 옛날에 인기 있던 TV 예능 프로그램이 떠올랐다. 아무도 보는 사람 없는 새벽 시간, 도로의 정지선을 지키면 공짜로 냉장고를 주던 '양심 냉장고'라는 프로그램이었다. 설마 새로운 프로그램에 내가 섭외된 건가 하고 주변을 둘러보았지만 나를 찍는 카메라는커녕 아무도 나를 신경 쓰고 있지 않았다.

100만 달러 수표 때문에 혼자서 온갖 망상과 걱정을 다 하다가 판교역에 도착했다. 처음에는 배송을 마치고 얼른 홀가분해지기만을 바랐는데. 막상 역에 도착해서 고객과 만나기로 한 4번 출구로 가는 동안 불안감이 엄습했다. 혹시 범죄에 연루되는 건 아닌가, 나는 아무 잘못도 없는데 경찰이 나와 있으면 뭐라고 설명해야 할까. 그 짧은 시간에 별 생각이 다 들었다. 지하철에서 내려 출구까지 나가는 거리가 그렇게 길게 느껴질 수 없었다.

"지하철 택배 시키셨어요?"

떨리는 목소리로 4번 출구 앞에 서 있던 한 남성에게 말을 걸었다. 제발 아무 일도 일어나지 않길 수없이 빌었고 아무렇지 않은 듯 행동하려 했지만, 목소리는 내 의지와는 다르게 자꾸만 떨렸다. 그렇다고 대답하는 그 남성에게 배송 확인을 하고 편지 봉투를 건네주었다. 대수롭지 않다는 듯 길가에서 편지 봉투를 열어본 남성은 아무렇지 않게 내게 배송비를 주었다. 평소보다 비싼 운임이었던 건 알고 있었지만, 그래도 1만 5천 원이면 됐는데 남성이 내게 건넨 건 5만 원짜리 지폐 한 장이었다.

"운임 비용 거슬러 드릴게요."

"괜찮습니다."

짧은 한마디만 남기고 남성은 고개를 꾸벅 숙이더니 그 자리를 떠났다. 그의 뒷모습을 보며, 이렇게 영문도 모른 채 뒤돌아 가기에는 궁금증이 너무 커서 몇 날 며칠 밤잠을 설칠 것 같은 예감이 들었다. 몸이 자동으로 튀어나가 그 남성을 붙잡고는 다짜고짜 물어보았다.

"저… 사실, 오다가 편지 봉투 안을 보게 되었는데… 그거 왜 나한테 맡긴 거예요?"

나의 다급한 질문과 달리 남성은 별다른 동요가 없어 보였다. 다만 내가 숨을 고를 수 있도록 천천히 기다려준 뒤에 대답을 해주었다.

"지하철 택배원은 대부분 할아버지처럼 어르신이잖아요."

"그… 그러니까 내가 노인이라서 그 큰 돈을 맡겼단 건가요?"

"말하자면 그런 거죠. 어르신들은 믿음이 가니까요."

어떻게 그렇게 대책이 없느냐고 다그치려다가 말았다. 진지한 듯

하면서도 어이 없는 대답에 헛웃음이 나려는 걸 간신히 참고 얌전히 뒤돌아서 역으로 돌아왔다.

지하철 택배원으로 일하면서 이 시대에 노인으로 살아간다는 것은 안 좋은 시선과도 함께해야 한다는 걸 자연스럽게 배웠다. 나이가 많다는 이유로 공짜로 지하철을 타고 다니면서 일을 하는 걸 좋지 않게 보는 사람도 있었고, 괜히 시비를 걸어오는 사람도 있었다. 바쁘게 돌아가는 사회에 무임승차하는 사람을 보듯 쳐다보는 시선에 굳은살이 박일 정도였는데, 단지 내가 나이 많은 어른이라서 믿음이 간다니….

내가 100만 달러 수표를 배송했다는 것보다 나 같은 노인을 믿고 존중해준 사람을 만난 것이 영화 같은 하루의 완성이었다.

그래도 다시는 수표나 고액의 물건을 배송하는 일은 없었으면 좋겠다. 아무리 택배원을 믿어도 1시간 동안 갖은 걱정과 망상에 심장이 아플 정도로 힘들었으니 말이다.

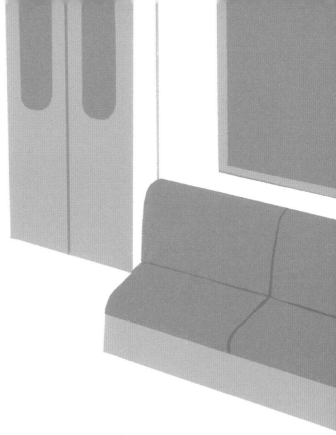

설마 새로운 프로그램에 내가 섭외된 건가 하고
주변을 둘러보았지만, 나를 찍는 카메라는커녕
아무도 나를 신경 쓰고 있지 않았다.

3장

이번 역은 종각역입니다

잊혀져가는 것들을 위하여

지하철 택배 일을 하다 보면 시간적 여유가 그렇게 많지는 않다. 언제 주문이 들어올지 알 수 없으니 역 밖으로 나가서 식사를 하거나 여유 있게 카페에서 휴식을 취하거나 할 수가 없다. 그래서 매일 집에서 싸 온 도시락이나 편의점 도시락으로 끼니를 때우는 편이다.

대신 지하철 택배원의 일과 중 소소한 나만의 습관이 있다.

직장인들이 점심을 먹고 난 후 커피 전문점에서 커피를 사 마시듯 나도 주문을 하나 끝내고 다음 주문을 기다릴 때 지하철 자판기 커피를 마신다. 이 습관은 내가 지하철 택배 일을 막 시작할 때만 해도 지키기 쉬운 일이었다. 그런데 점점 커피 자판기가 사라지더니 이제는 쉽게 볼 수 없게 되었다. 자연스럽게 택배원의 작은 습관도 지키기가 어렵게 된 것이다.

지하철 역내에 있는 커피 자판기를 기억하는 사람은 아마 나이가 좀 있는 사람일 것이다. 10여 년 전만 해도 지하철역 휴게소는 물론 승강장 안에서도 커피 자판기를 쉽게 볼 수 있었는데 이제는 하나둘 자취를 감추었다.

한 집 건너 한 집마다 커피 전문점이 생겨나고 있으니 자판기 커피를 이용하는 고객이 줄어든 것은 당연하겠지. 어쩌다 지하철역에서 커피 자판기를 발견하는 날이면 마치 복권이라도 당첨된 것처럼 기분 좋게 동전을 넣고 커피 한 잔을 마시곤 한다.

하루는 2호선 역삼역에 있는 핸드폰 수리업체에 가서 수리를 해오는 왕복 배송 주문을 받았다. 수리를 마치고 돌아가는데 마침 역에서 커피 자판기를 발견했다. 환승역 배차 간격도 길었기 때문에 여유 있게 콧노래를 부르며 자판기로 다가갔다. 5백 원짜리 동전 하나를 넣고 3백 원짜리 밀크커피 버튼을 눌렀다. 구수한 믹스커피 향이 풍기는 종이컵을 꺼내 들고서 잔돈 반환 버튼을 눌렀다. 그런데 자판기에서 잔돈이 나오질 않았다. 지난번에도 잔돈을 거슬러 받지 못했던 적이 있어서 그날은 무조건 잔돈을 챙기기로 마음을 굳게 먹었다.

자판기 옆면에는 해당 자판기의 담당자 번호가 적혀 있다. 예전에 자판기 커피가 너무 식어서 나오는 바람에 물 온도를 확인한다고 옆면을 보다 자판기마다 관리인 번호가 있다는 걸 알게 되었다. 안내된 담당자 번호로 반신반의하며 전화를 걸었다.

'누가 받기는 할까, 전혀 엉뚱한 사람이 받으면 어쩌지….'

이런 생각들이 스쳐 지나갔다.

"남한산성역 커피 자판기에서 잔돈 반환이 안 되네요. 해결 좀 부탁드립니다."

다행히 전화를 받는 사람이 자신이 자판기 담당자라고 했다. 그쪽에서 "은행 계좌번호를 알려주시면 바로 입금해드리겠습니다."라는 답변이 돌아왔다.

사실 전화로 대답을 들으면서도 얼굴 한 번 안 본 사람에게 고작 2백 원을 번거롭게 입금해줄 사람이 몇이나 될까 싶었지만, 계좌번호를 불러주고 통화를 마쳤다. 그날은 지하철을 기다리며 커피를 마시는 작은 여유조차 허락되지 않았다. 남은 커피를 서둘러 마시고 들어오는 8호선 열차에 올라타 다시 배송지로 향했다.

오후 주문을 마칠 때까지 2백 원은 까맣게 잊고 있었다. 기대감도 없었고 주문받고 일하느라 여유가 없었기 때문이다. 마지막 주문까지 마치고 집으로 가는 지하철역 입구에 은행이 눈에 띄었다. 혹시 모르니 확인이라도 해보자 싶어 ATM기에 카드를 넣어보았더니 정말로 2백 원이 입금돼 있었다. 입금자명 '자판기', 입금액 '200'원이 찍힌 화면을 보니 피곤했던 몸과 마음이 활짝 펴지면서 걸음걸이도 가볍게 느껴졌다.

지하철역 자판기 커피를 마시면서도 사라져가는 옛날 것들을 혼자서만 안타깝게 붙잡고 있는 게 아닌가 싶었는데, 찾는 사람이 별로 없는 커피 자판기라도 여전히 누군가가 매일 돌보고 관리하며 신경 써준다고 생각하니 마음이 따뜻해지는 느낌이 들었다. 지하철 택배원의 커피 한 잔 여유가 이렇게나마 지켜질 수 있어서 다행이었다.

지하철을 기다리며 한 잔씩 뽑아 마시던 자판기 커피의 추억. 어린 시절 문방구에서 사 먹던 불량식품처럼 달짝지근하면서 구수한 그 맛과 그 기억들이 이제는 추억의 한 장면으로 넘어가고 있다.

십수 년 동안 지하철 택배를 해온 나에게는 천천히 다가오는 또 한 시절과의 이별이다. 돌려받은 2백 원처럼 누군가는 지금도 잊혀져가는 것들에도 최선을 다하고 있다.

계절을 맞이하는 꽃시장

서울에서 가장 생기 넘치는 곳이 어디냐고 물으면 망설이지 않고 고속버스 터미널이라고 대답할 것이다. 지하철 3호선과 7호선, 9호선이 만나는 고속터미널역은 시외버스를 타고 내리는 사람들까지 더해져 어느 곳보다 분주하지만, 내가 말한 진짜 이유는 꽃시장 때문이다.

고속터미널역은 꽃 주문이 들어올 때마다 방문하는데, 입구에 들어설 때마다 계절을 듬뿍 담아놓은 종합선물상자 속에 들어온 듯한 생동감이 느껴진다. 한 층 전체가 꽃집으로 가득 차 있는 데다가 가게마다 다발로 쌓아놓은 각양각색의 꽃들이 짙은 향기를 내뿜는다.

사실 지하철 택배 일을 하지 않았다면 꽃 도매상가를 직접 방문할 이유는 없었을 것이다. 평소에 꽃을 선물해보거나 받아본 적이 없고, 집에서 키우는 식물이라고 해도 동양란이나 다육식물이 전부이기 때문에 꽃 도매상까지 올 일은 없었다. 그래서 처음 꽃시장 배송 주문을 받았을 때는 모르는 게 많아서 허둥지둥거리며 꽃집 주인들에게 구박도 많이 받았다.

이제야 꽃 몇십 송이를 안전하게 잘 다루지만, 처음엔 어정쩡하게 들다가 포장해놓은 꽃들이 바닥으로 쏟아지기도 했다.

"아이고~ 아저씨! 똑바로 들어야지, 꽃 상해요."

초기에는 이런 잔소리를 들어가며 배송을 했었다.

애지중지 바람 불면 날아갈까, 힘주면 꺾여버릴까 애를 쓰게 만드는 게 바로 생화 배송이었다. 지금이야 무엇이든 능숙해져서 운임이 비싼 생화 배송이 반가울 따름이다. 게다가 꽃시장에 가면 또 어떤 설렘 가득한 사연이 기다리고 있을지 은근히 기대가 된다.

하루는 배송 주문을 받고 예상보다 일찍 꽃시장에 도착했더니 옆집 사장님까지 합세해 꽃 포장에 여념이 없었다. 알고 보니 장미꽃 300송이 주문이었다.

"이게 다 뭐예요?"

놀란 눈을 하고 다가가자 사장님이 피식 웃으며 구시렁거렸다.

"프러포즈한다고 빨간 장미만 300송이를 보내달래요."

"300송이나요?"

"가끔 주문이 들어와요. 그런데 다들 성공했나 몰라."

"프러포즈라고 해도 너무 많은 것 같은데…."

"나 같으면 고백 안 받아줘요."

사장님의 엉뚱한 발언에 주변은 온통 웃음바다가 되었다. 사장님 입장에서 아무리 꽃 장사로 먹고살아도 빨간 장미 300송이 고백은 아무래도 부담스럽고 마음을 표현하기에는 과해 보였던 모양이다. 상자에는 새빨간 장미꽃들이 차곡차곡 쌓였고 장미 향도 한층 짙어졌다. 생각보다 무거워 보이는 상자를 배송한다는 게 걱정이 되기도 했지만, 막상 담아놓고 보니 무척이나 예뻐 보여서 다행이라는 생각이 들었다.

상자가 다 채워질 때쯤 중년남성 한 사람이 가게에 찾아왔다. 꽃시장에 처음 왔는지 어색하게 주변을 두리번거리다가 대뜸 내가 들고 갈 상자를 가리키며 저런 상자는 얼마냐고 물어왔다. 도매시장에서는 비교적 저렴하게 구매할 수 있지만 그래도 300송이가 넘으니 가격대가 꽤 나갔다. 꽃 가격이 생각보다 비쌌는지 손님이 당황스러워하는 반응을 보이자 꽃집 사장님이 무슨 꽃이 필요하냐고 되물었다.

"사실 처음이라 잘 모르겠어요. 꽃을 좋아한대서…."

"그럼, 작은 꽃다발을 하세요. 계절에 맞춰서."

사장님이 꽃다발을 추천했지만, 남자의 눈은 300송이 장미에 꽃혀 있었다. 아무래도 꽃을 한아름 선물해주고 싶은 마음이 역력해 보였다. 사실 꽃 몇 송이 개수가 중요한 게 아닐 테지만, 주는 사람 마음에 많으면 많을수록 좋을 것 같다고 생각하기 쉬울 것이다. 꽃바구니 배송을 몇 번 해본 사람으로서 망설이는 손님에게 오지랖 넓게 한마디 거들었다.

"몇 송이가 중요해요? 주는 사람 마음이 중요하죠."

그러자 꽃집 사장도 내 말을 거들었다.

"원래 꽃다발은 그 계절에 맞는 예쁜 꽃으로 조화롭게 구성하는 게 좋아요."

두 사람의 말에 못 이겨 남자는 얼굴을 붉히며 고개를 끄덕였다.

장미꽃 300송이 배송은 시간 여유가 있어서 남자의 꽃다발을 먼저 해주기로 했다. 꽃집 사장님은 세심한 손길로 이것저것 예쁘게 핀 꽃들을 고르더니 한 움큼을 들고 와 남자에게 물었다.

"받는 분이 어떤 색을 좋아해요?"

남성은 머리를 긁적이며 잘 모르겠다는 듯 뜸을 들이다 "꽃이면 다 좋대요."라고 대답했다. 꽃을 선물하는 게 처음인 듯 어설픈 모습이었지만 상대방을 생각하는 마음과 정성이 순수해 보였다. 남자는 그 상황이 어색하고 불편한지 꽃다발을 만드는 동안 가만히 있지 못하고 얼굴을 붉힌 채 꽃만 바라보았다. 손이 빠른 사장이 금세 철에 맞는 꽃들로 조화롭게 꾸민 꽃다발을 손님에게 건네자 그제야 만족한 듯 남자의 얼굴이 피었다. 인사를 꾸벅하고 사라진 남자를 두고 사장이 내게 말을 했다.

"저런 사람이 이제 우리 집 단골이 되는 거예요."

생각지도 못했던 터라 "진짜요?" 하고 되물었다. 사장 말로는 저런 남자가 몇 달에 한 번 꽃을 사러 오다가 한 달에 한 번으로 바뀌고 나중에는 상대 여성이랑 같이 꽃시장에 온다는 거였다.

"저렇게 숫기 없는 사람이 꽃시장 오는 게 쉽지 않은데 왔잖아. 그럼 홀딱 반한 거지."

사장의 얼굴엔 마치 소개팅 주선에 성공한 사람처럼 미소가 가득했다. 대부분 저렇게 아무것도 모르는 채 왔다가 점점 좋아하는 색깔, 향기, 계절을 알아가고 그렇게 상대를 알아가게 된다고 사장이 귀띔해주었다. 꽃시장은 생각보다 꽤 낭만적인 곳이었고 사랑이 넘치는 장소라는 걸 알게 되었다.

"그래도 300송이까지는 필요 없지 않나?"

마지막 빨간 장미 한 송이를 상자에 넣고 사장이 투덜거렸다. 중요한 건 300송이의 개수보다 받는 이를 생각하는 마음이지 않을까 싶었다.

붉은 장미 300송이를 담은 무겁고 큰 상자를 조심조심 가지고 지하철을 탔다. 꽃집까지 이동하는 내내 장미꽃 향기가 짙게 풍겨왔다.

추억의 명동 거리

오랜만에 명동에서 주문이 들어와 명동역으로 향했다. '명동'이라면 전통적인 쇼핑의 메카라고 알려져 있을 정도로 명동역 주변에는 백화점과 외국인 관광객을 위한 쇼핑몰들이 즐비하다.

게다가 명동은 역과 역 사이가 지하상가로 연결되어 있어 쇼핑이 편리하고, 춥고 비 오는 날엔 명동 지하상가에서 주문받아 바로 이동할 수 있어서 여러모로 좋다.

지금의 강남이나 홍대처럼 과거엔 명동이 멋쟁이 젊은이들이 많이 찾는 장소로 유명했다. 그러다가 언젠가부터는 외국인 관광객들이 쇼핑을 위해 많이 찾는 곳이 되었다. 주로 외국인들을 상대해서인지 K-pop 가수들의 앨범과 기념품, 화장품 판매점들이 밀집했다. 그런 생각을 하며 명동역에 내렸을 때 예전의 명동이 아닌 걸 금세 깨달았다.

코로나의 여파로 많은 상점들이 문을 닫아 예전의 모습을 찾아보기 힘들었다. 주말 인파로 가득한 명동 거리에서는 한 발짝 걸음을 내딛기도 힘들 정도였는데, 이제 그것도 추억의 한 장면이 된 것 같아 씁쓸했다. 배송지로 가는 동안 이곳저곳을 살펴봐도 손님이 있는 가게는 별로 없고 관광객들을 안내하는 자원봉사자들만 눈에 띄었다.

조금 걸어 올라가 명동성당이 보이는 사거리에는 명동예술극장이 자리 잡고 있다. 지금은 영화 상영은 안 하지만, 60년대에는 재개봉관 극장으로 알려진 명동극장이 있었다. 극장 건물 전체가 조용한 걸 보니 아무래도 관람객이 없어 공연을 축소한 것처럼 보였다.

오랜만에 명동 거리를 걷고 있노라니 젊은 시절 명동 거리에 대한 추억이 몽글몽글 피어올랐다. 특히 극장은 참 추억이 많은 곳인데, 나처럼 나이가 든 사람들은 극장 아니면 다방에 얽힌 추억이 하나쯤은 있을 것이다.

옛날엔 누군가를 만나기 위해 약속을 잡으려면 약속 장소를 늘 '극장 앞'으로 정했다. 다들 똑같이 약속을 잡으니 극장 앞은 영화를 보기 위해 기다리는 사람과 일행을 만나기 위해 두리번거리던 사람들로 붐

벼다. 그 시절에는 영화가 최고의 문화생활이었고, 극장이 지금의 커다란 복합 쇼핑몰처럼 젊은이들이 모여드는 공간이었다.

10대 때 나는 영화 포스터 붙이는 일을 하면서 극장에서 용돈 벌이를 한 적이 있다. 덕분에 상영하는 영화를 대부분 공짜로 볼 수 있었다.

옛날에는 상영관도 적었고 영화 상영 횟수도 많지 않아 영화표를 구하기가 쉽지 않았다. 그래서 극장에서 인기작을 개봉할 때면 극장 앞에 늘 암표상이 자리했다. 구운 오징어를 사 들고 어두컴컴한 극장에서 서부 영화를 보는 게 그 시절 나의 유일한 취미였다. 지금도 주말이면 영화 한 편 보는 게 나의 커다란 취미생활이다.

젊은 날의 일화들이 추억으로 묻히는 건 슬프지만 어쩔 수 없는 일이다. 극장과 다방은 각각 영화관이나 카페처럼 다른 분위기와 역할로 대체되었다. 시설은 물론 고객에게 제공되는 서비스도 차원이 다르지만, 극장에서 구워 파는 오징어와 땅콩 그리고 '커피 하나, 설탕 둘, 프림 한 스푼'으로 상징되는 다방 커피의 맛과 냄새는 무엇으로도 대체되지 않는다. 또 이렇게 한 시절과 사무치는 짝사랑을 하느라 자연스럽게 발걸음은 느려진다.

명동처럼 예전에 활기찼던 동네에 가면 추억을 곱씹느라 배송하던 중에 잠시 발걸음을 멈추게 된다. 짝사랑은 언제나 홀로 가슴 아팠다가 오랫동안 사무치는 것 아닐까. 극장 앞에서 만났던 이성 친구까지 기억났다가 후다닥 접고 현실로 돌아왔다. 배송을 끝내고 명동역으로 돌아오는 길, 좀 전에 무심히 지나쳤던 자원봉사자에게 아는 체를 했다.

"수고가 많으시네요."

"수고는요, 요즘은 길이나 지키고 서 있는 거죠."

"다시 돌고 돌아오겠죠."

"네, 여기는 멈춘 적이 없으니까요."

숱한 세월을 지나며 찾는 사람들이 바뀌어도 발걸음이 끊기지는 않았던 '밝은 동네' 명동. 세월에 따라 그 모습은 변해도 서울 구도심 최대 번화가이자 이정표로 사람들에게 남을 것이다.

서울역, 고향 가는 길

공기 가득 설렘이 넘쳐날 것 같은 날, 명절을 하루 앞둔 출근길이다. 오늘만 출근하면 꿈 같은 명절 연휴가 기다리고 있어 직장인들에게는 더없이 즐거운 하루다. 지하철 안에서, 길 위에서 마주치는 이들의 표정도 기대감에 들떠 있는 듯하다. 나 역시 긴 연휴가 시작되는 이 날을 목 빠지게 기다리고 있었다. 직장인의 속마음이 다 그렇듯 '오늘만 일하면 5일 쉰다'는 생각을 하며 출근길에 나섰다.

연휴를 앞두고 있어 배송 건수는 평소보다 많았다. 오래 쉬기 전에 일을 몰아서 하느라 오전부터 부지런히 움직였다. 점심시간이 지나고 바로 서울역 탁송이 들어와 쉬는 시간도 없이 서울역으로 향했다.

서울역에 들어서자 웅성웅성하는 소리와 함께 배낭에 캐리어에 선물

꾸러미까지 바리바리 싸 들고 나온 사람들 때문에 평소보다 복잡했다. 덩달아 신나서 뛰어다니는 아이들을 부르는 부모들의 고함소리까지 뒤섞여 어수선하기 짝이 없었다. 서울역엔 벌써 명절이 시작된 느낌이었다. 상자를 배송하던 내 마음도 쿵쾅거렸고, 발걸음은 이유 없이 빨라졌다.

배송을 하는 듯 마는 듯 힐끔힐끔 서울역 구경을 하면서 열차 편에 얼른 탁송을 보내고 본격적으로 사람 구경을 할 여유가 생겼다. 젊은 부부가 아장아장 걷기 시작하는 아기를 졸졸 쫓아다니며 애쓰는 모습이 예뻐 보여서 한참을 쳐다보기도 하고, 명절에 맞춰 휴가를 낸 국군 장병이 밝은 모습으로 누군가와 통화하는 모습도 흐뭇하게 지켜보다가 결국 구석진 곳에 있는 빈 의자에 자리를 잡고 앉았다.

다음 주문이 들어오기 전까지 여유롭게 사람 구경을 하면서 서울역에 먼저 찾아온 명절을 즐길 참이었다.

사람 구경에 여념 없다가 무심코 시선이 옆자리 청년에게 머물렀다. 나처럼 사람 구경을 하는가 싶었는데 핸드폰 한번 보고 전광판 한번 쳐다보더니 고개를 푹 숙이고 땅이 꺼져라 한숨을 내쉬었다.

'표를 못 구한 건가? 그렇더라도 저렇게 한숨을….'

생각다 못해 늙은이의 오지랖으로 말을 붙여보기로 마음먹었다.

"저… 무슨 일 있어요?"

청년은 힐끗 나를 쳐다보더니 입을 쉽게 열지는 않았다. 아무래도 남한테 쉽게 터놓을 수 없는 고민이 있어 보여 더 물어보지 않기로 했다. 청년의 표정과 달리 주변은 온통 명절을 맞아 왁자한 분위기였다.

옆자리의 청년이 마음에 걸려 그만 일어서려고 했다. 그때 청년이 입을 열었다. 여전히 고개를 푹 숙이고 시선은 발끝을 향한 채였다.

"할아버지, 집에 갔는데 부모님이 안 좋아하시면 어쩌죠?"

이게 무슨 말일까. 상식적으로 말이 안 되는 소리라 순간 내가 말을 잘못 이해했나 싶었다.

"부모가 자식한테 그럴 리 없잖아요."

나의 대답에 움찔한 청년이 고개를 들고는 또 한숨을 쉬었다. 나는 서두르지 않고 청년의 다음 말을 기다렸다.

"부모도 자식이 안 보고 싶을 때가 있을 거잖아요. 굳이 명절이 뭐라고 내려가나 싶어서…."

"어떤 부모가 그래요. 밖에선 못나고 못된 사람일지언정 부모 눈엔 귀한 자식이지!"

"……."

"명절이니까 집에 가야지 이렇게 좋은 핑계가 어디 있어. 당장 가야지!"

윽박지르다시피 하는 나의 말에 당황한 듯 청년이 우물쭈물했다. 무슨 사정인지 자세히 알 수 없지만, 망설이다가 집에 내려가지 않으면 후회할 게 분명해 보였다.

명절이라고 얼굴 비춰주는 자식이 세상에서 가장 예쁜 법인데, 그걸 모르는 청년이 답답했다. 망설이는 동안 더 나은 해결책은 없어 보여 청년을 끌고서라도 기차에 태워야겠다는 생각이 들었다.

"사실, 제가 지금 직장이 없는데요. 집에선 좋은 직장에 취직한 줄 아세요."

그렇게 담담히 고해성사하듯 들릴 듯 말 듯한 청년의 솔직한 고백을 가만히 듣고 있으니 속이 쓰려왔다. 취업 때문에 지방에서 올라왔지만 생각만큼 쉽지 않았고 결국 길어지는 시간에 가족들에게 거짓말을 할 수밖에 없었다고 한다.

청년의 얘기가 끝나자 그렇게 시끄럽던 서울역이 고요해지는 듯했다. 어떤 말을 덧붙일 수 있을까, 차마 입을 떼지 못해 우리 둘 사이엔 침묵만 흘렀다. 누구의 탓도 아니지만 가족에게 거짓말을 하고 살아가는 하루하루가 얼마나 가시밭이었을지, 험한 세상에 온전히 자기 편이 되어 줄 가족의 응원과 사랑을 받지 못한다는 게 얼마나 큰 상실감을 주었을지 생각하니 내 가슴이 다 아파졌다.

"집에서는 언제나 자식을 기다리고 있을 거예요."

청년의 굽은 등에 손을 얹고 말을 건넸다. 따뜻하게 등을 쓰다듬어주고 내 마음이 청년에게 전달되기를 기다렸다. '괜찮다, 다 괜찮다.' 입 밖으로 꺼내진 않았지만, 마음을 담아 등을 토닥였다.

나의 토닥임에 등을 맡긴 채 잠자코 있던 청년이 고개를 들었다.

"가야겠어요, 집에."

청년은 나에게 억지로 웃음을 보이며 자리를 툴툴 털고 일어섰다.

"할아버지의 위로 덕분에 용기를 낼 수 있을 것 같아요."

"자식은 부모한테 다 괜찮은 사람이야…"

떨리는 목소리로 말을 하고 청년을 꼭 안아주었다. 대견하기도 하고 안쓰럽기도 했다. 이름도 나이도 모르는 청년과 그렇게 진한 인사를 하고 기차를 타러 가는 뒷모습을 끝까지 지켜보았다. 삼삼오오 모여 그리운 가족의 품으로 돌아가는 이들의 모습과 청년의 모습이 한데 뒤섞여 뉴스에서나 자주 보던 명절 귀향길 장면이 펼쳐졌다.

그날 일을 마치고 집에서 TV를 보면서도 낮에 만난 청년이 머릿속에서 떠나지 않았다. '지금쯤 고향에 도착해 부모님을 만나고 있겠지.'

잠시 길을 잃은 아이가 가족의 품에서 잘 쉬고 기운을 얻어 돌아오기만을 바랐다.

풀빵 하나에 추억 하나

오전 주문 한 건을 마치고 종로3가역에서 주문이 들어와 출근했던 역으로 다시 돌아갔다. 역에서 나와 걷다 보니 어느새 가을인지 은행잎이 수북이 떨어져 거리를 노랗게 뒤덮었다. 바깥 날씨는 제법 쌀쌀해져서 옷깃을 세우고 걸어도 어깨가 저절로 움츠러들었다. 그래도 멋들어지게 가을을 맞이한 가로수를 지나칠 수 없어서 핸드폰으로 열심히 사진을 찍으며 배송을 나섰다.

종로길을 따라 이어진 종각역, 종로3가역, 종로5가역을 지나다 보면 내 나이대 노인들을 쉽게 마주치게 된다. 주변에 탑골공원부터 종묘, 종묘 앞 공원에 이르기까지 노인들이 모여 이야기 나누고 장기도 두며 쉴 수 있는 공간이 많기 때문이다. 그날도 갑자기 싸늘해진 날씨에도 불구하고 노인들이 여기저기 삼삼오오 모여 장기를 두고 이야기 꽃을 피우고 있었다. 다들 집에 있기보다는 밖에 나와 친구도 만나고 시간을 보내면서 무료함을 달래는 것처럼 보였다.

오랜만에 가을의 종로 거리를 걸으니 옛 추억이 모락모락 피어올랐다. 서울의 구도심인 종로는 사람들의 발걸음이 끝없이 이어지는 곳이기도 하다. 한때는 "종로서적 앞에서 만나자."라는 말이 사람들 사이에서 약속의 대명사로 쓰일 정도로 종로는 남녀노소 가리지 않고 사람들이 모이는 장소였다.

사람들이 모여드는 곳인 만큼 길거리 음식이 길 양옆에 빼곡히 자리 잡고 있어서 한 걸음 지날 때마다 입맛을 다시던 기억도 선명하다. 찹쌀 꽈배기부터 술빵, 군고구마, 붕어빵까지 죽 늘어선 좌판들이 겨울철이면 극장에 데이트하러 나온 젊은이들을 잡아끌었다.

지금은 단성사, 서울극장, 피카디리 극장 모두 없어지고 그 자리에 주얼리 가게들이 들어와, 종로3가는 이제 젊은이들의 공간이 아닌 주얼리 관련 업체와 고객들이 찾는 공간으로 탈바꿈했다. 덕분에 지하철 택배원인 나도 매일 이곳으로 출근을 하는 것이다.

피카디리 극장이 있던 건물 1층에 주얼리 배송을 마치고 왔던 길을 되돌아 역으로 향했다. 시간 여유가 있어서 길을 조금 돌아서 젊었을 적 자주 다녔던 거리를 걸어보았다. 그 시절을 떠올릴 수 있는 건

내 머릿속 기억이 전부일 정도로 길 위에 변하지 않은 게 없었다. 옛것을 그대로 두고 조금씩 고쳐 가면 좋을 텐데, 빠르게 변화하는 도시에서 그럴 여유는 찾아보기 힘든 것 같았다.

느릿느릿 주변 구경을 하면서 걷는데 익숙한 냄새가 확 당겨왔다. 길모퉁이에서 70은 넘어 보이는 할머니가 풀빵을 팔고 있었다. 작은 글씨로 '풀빵'이라고 적혀있는 모습을 보니 저절로 걸음이 그쪽으로 향했다. 배가 고프지는 않았는데 반가움에 이끌리듯 다가갔다. 풀빵 한 봉지를 주문하고 구워 나오길 기다리는 동안 괜히 웃음이 나왔다. 좀 전까지 무채색이었던 추억들이 다시 살아나 따뜻한 온기로 채색되는 것 같은 느낌이었다. 덩달아 울적했던 마음도 스르르 녹아내렸다.

"여기서 장사 오래 하셨어요?"

풀빵 장수 할머니가 나를 한번 힐끔 쳐다보더니 풀빵을 이리저리 뒤집으며 무심한 듯 장난기 가득한 목소리로 대답했다.

"아저씨가 종로에서 데이트할 때쯤부터 했겠네요."

할머니의 유머가 상당했다. 길 위에서 묵묵히 자기 일을 이어온 사람의 담담한 말투에 숨은 재치가 반짝반짝 빛났다.

"그럼 엄청 오래 하셨겠네요."

"그럼요, 내가 여기 산 증인이죠~."

2천 원어치 풀빵을 한 봉지 가득 건네주고는, 밀가루 반죽을 다시 빈 틀에 붓는 그녀의 모습이 마치 기계처럼 자연스러워 보였다.

사실 밀가루 반죽에 팥소 넣은 게 전부인 풀빵은 맛이 있고 없고의 차이는 별로 없다. 대신 먹으면 언제나 한결같은 옛 맛이 풀빵의 매력이라고 할 수 있다. 한 입 베어 물자 역시나 기대했던 맛 그대로 팥의 단맛과 밀가루의 부드러운 맛이 섞여 추억이 되살아났다. 날이 더 추워지면 입김으로 호호 불며 먹는 재미에 풀빵 맛이 더 살아나겠지?

"그렇게 맛있어요?"

풀빵에 집중한 나머지 신기하다는 듯 쳐다보는 풀빵 장수 할머니의 시선을 그제야 느꼈다. 갑자기 민망해져서, 혼자만의 감상에서 벗어나 서둘러 인사를 하고 그 자리를 떠나려 했다.

"덕분에 오랜만에 잘 먹었어요."

"아저씨 같은 분들 많아요. 다들 돈 주고 먹으면서 덕분에 맛있게 먹었다고 고맙다고 하시죠."

"저 같은 사람들이 있군요."

"그럼요, 생각보다 많아요. 제가 덕분이죠, 뭐."

풀빵 장수 할머니와 그렇게 대화하다 보니 이 길에서 각자의 젊은 시절을 추억하는 사람들이 많다는 걸 알게 되었다. 눈에 보이지는 않지만 다 바뀌어버린 이곳에서도 남몰래 추억하는 이들의 발걸음이 쌓이고 있었다.

풀빵 한 봉지를 소중하게 들고 풀빵 장수 할머니에게 인사를 한 뒤 다시 역을 향해 걸었다. 오래오래 그 길에서 할머니가 풀빵을 팔기를 바라면서 길을 걷자 신기하게도 이제는 지나간 추억들이 그렇게 서글프게만 느껴지지는 않았다.

어쩌면 내가 불가능한 걸 계속 바라고 있었던 건 아닐까. 그런 생각을 하며 지금 느낄 수 있는 것들에 집중해야겠다고 다시 한번 다짐해본다.

9호선 출퇴근의 기적

사람들 틈에 끼여 떠밀리듯 지하철을 탔던 그 날은 너무나 끔찍해서 악몽을 꿀 정도였다. 나는 남보다 일찍 퇴근하는 편이라 운 좋게도 퇴근길 지옥철을 타지 않아도 된다. 러시아워를 피해가며 배송하러 다니다 그날은 딱 저녁 6시에 퇴근을 하게 된 것이다.

사실 뉴스나 신문에서 사람들이 '지옥철'이라고 하지만, 딱히 경험해본 적이 없었다. 단지 평소보다 사람이 좀 많은 정도로만 생각하고 신논현역으로 향했다.

역 입구에 도착하기도 전에 내 생각이 잘못됐다는 걸 알게 되었다. 6시가 되자마자 곳곳의 고층 빌딩에서 직장인들이 쏟아져 나왔다. 개찰구 밖에까지 긴 줄이 생겼는데, 누구 하나 불평하지 않고 스마트

폰에 고개를 처박고 한 발짝씩 앞을 향해 걸음을 떼고 있었다. 지금 생각해보면 그때라도 돌아 나와서 다른 교통편을 찾거나 조금 늦게 퇴근길에 나서야 했었다.

개찰구를 지나서 플랫폼으로 내려가니, 그곳은 전쟁터라고 해도 과언이 아닐 정도로 사람과 사람이 섞여서 오지도 가지도 못하는 상황이 되었다.

앞에 온 지하철을 몇 대 보내고 드디어 내 차례가 되었다. 앞서서 만석인 지하철에 사람들이 어떻게든 몸을 비집고 들어가는 걸 보고선 나도 가방을 앞으로 메고 조금 틈이 난 공간에 몸을 집어넣었다. 어떻게든 몸이 공간에 꿰어 맞춰지고 나보다 뒤에서 밀려드는 사람들 때문에 내 의지와 상관없이 더 깊숙이 열차 안쪽으로 이동했다.

앞뒤 양옆 사람과 밀착되어 순간 공포감이 생길 정도로 사방에서 오는 압력이 상상 이상이었다. 이게 말로만 듣던 지옥철이구나 싶었다. 과장이 아니라 잘못하다가는 퇴근길 지하철에서 지옥을 만날 수도 있겠다는 생각에 무사히 집으로 돌아갈 수 있기만을 바랐다. 엎친데 덮친 격으로 환승을 위해서 두 정거장 뒤에 내려야 하는데, 출구와는 멀어졌고 움직일 수도 없어서 걱정이 점점 커졌다.

"잠시만요. 내릴게요!"

사람들 틈에 끼여 소리를 쳤지만, 서로서로 빈틈 하나 없이 껴 있

다 보니 사람들이 꿈쩍도 하지 않았고 들은 척도 하지 않았다. 이러다 내릴 역을 지나칠 것 같아 어깨로 사람들 틈을 비집고 나가려 했지만 노인의 힘으로는 한계가 있었다. 앞에 사람들이 잠시 내려주면 어떻게 내릴 수도 있지 않을까 싶었는데, 이미 새로 타는 사람들이 비집고 들어와 출입문 쪽에 사람들이 엉켜 있었다. 아무리 비켜달라고 외쳐도 한 발자국도 내밀 수 없는 상황이 기가 막히고 화가 나면서, 이런 것도 못 해내는 자신에게 짜증이 솟구쳤다.

선정릉역에서 내리지 못해 좀 더 가서 종합운동장역에서 2호선을 갈아탈 수밖에 없었다. 그렇게 되면 집까지 가는 데 총 3번의 환승을 해야 했다. 만만치 않은 퇴근길이 되어버린 것이다.

바다에서 튜브를 타고 파도에 몸을 맡기는 것처럼, 지하철이 멈추고 출발할 때마다 파도타기 하듯 단체로 같은 방향으로 몸이 기울었다가 서길 반복했다. 이런 상황에 체념을 하고 나니 화는 가라앉았지만, 문제는 몸이었다. 점차 허리가 뻐근해지고 다리에 통증이 올라와 육체적으로 무리인 게 느껴졌다. 손잡이나 봉을 잡고 있으면 조금 덜할 텐데 멀어서 잡을 수도 없었다.

가방을 끌어안고 몇 분 더 견딘 끝에 드디어 종합운동장역에서 내렸다. 온몸에 기운이 빠지고 다리가 떨려와서 느릿하게 걸을 수밖에 없었다. 내일 과연 제대로 일어날 수 있을까 걱정이 앞섰다. 몸살이라도 날 것 같은 기분이었다. 분명 지하철을 타고 내렸을 뿐인데 불쾌감과 더불어 영혼이 빠져나가기라도 한 듯했다.

다행히 2호선은 순환 열차라 금방금방 열차가 들어왔고, 역시나 사람들로 붐벼서 앉아 갈 수는 없었지만 '지옥철'까지는 아니었다. 잠실역에서 사람들이 우르르 빠져나가 손잡이를 잡고 서 있었는데 앞에 앉아있던 젊은 여성이 나에게 괜찮냐고 묻더니 자리를 내주었다.

"어르신, 안색이 안 좋으세요. 앉아서 가세요."

평소라면 거절했겠지만, 남 보기에도 안색이 걱정될 정도로 몸 상태가 안 좋았기에 고개를 꾸벅 숙이고 앉았다. 머쓱함과 미안함, 그리고 창피함이 뒤섞여 앉아서 가도 마음이 편치 않았다.

"퇴근 시간 지하철이 보통 일이 아니네요. 감사합니다."

"많이 힘드시죠. 되도록 이 시간대는 피해서 다니시는 게 좋을 거예요."

"정말 감사합니다."

여성의 친절 덕분에 끊어질 듯 아픈 허리를 쉬면서 갈 수 있었다. 사회인으로서 오늘도 열심히 일하고 집에 간다는 뿌듯함은 없어진 지 오래였다. 대신 육체적인 한계를 경험해서 공허함과 허탈함만 남았다. 나처럼 나이 든 사람은 절대로 지옥철이란 건 타서는 안 될 거라는 것을 뼈저리게 느낀 하루였다.

내게 자리를 비켜준 여성은 일을 마치고 귀가하는 직장인 같았다. 가만히 보니 무거워 보이는 가방에 한 손에는 노트북까지 들고 굽 높은 구두를 신고 있었다. 주변을 돌아보니 다른 젊은이들도 다 각자의 짐이나 가방을 들고 단정한 복장을 하고선 꿋꿋이 버티고 있는 모습이었다.

그 장면을 앉아서 지켜보자니 '요즘 젊은이들 정말 대단하구나.'라는 생각이 들었다. 우리 시대보다 훨씬 복잡하고 바쁜 사회에 살아가는 젊은이들을 새삼 다시 보게 되었다.

아직도 젊은 사람들의 삶을 제대로 들여다보지 않고 무턱대고 이해할 수 없다고 선을 긋는 주변의 노인들이 많다. 그런 사람들에게 딱 한 번이라도 지옥철을 타보라고 권하고 싶다.

의도치 않게 지옥철을 타면서 젊은 사람들의 퇴근길을 잠깐 엿본 것뿐이라 그들의 삶을 어떻게 다 알까 싶지만, 그래도 그렇게 열심히 살아가는 모습을 옆에서 지켜보면서 젊은이들에게 존경하는 마음을 가지게 되었다. 그리고 다시는 퇴근 시간 지옥철은 타지 않겠다고 다짐했다.

네 편, 내 편? 아무나 이겨라!

금요일 저녁 마지막 배송을 마치고 보니 어느새 시간이 꽤 흘러 5시가 넘어가고 있었다. 서둘러 귀가하려고 잰걸음으로 종합운동장 역으로 향했다. 길을 걷다 보니 잠실 야구장에 불이 훤하게 켜져 있는 게 보였다. 오늘 잠실에서 야구 경기가 있는 날인가 싶어 발걸음을 재촉했다. 지하철 택배원의 취미 중 하나는 바로 야구 경기를 보는 것이기 때문이다. 5시를 전후해 퇴근하면 집에 도착해서 야구 경기를 1회부터 볼 수 있어 나에게는 퇴근 시간이 아주 중요했다.

좀 더 걸어 역 근처 잠실 야구장에 다다르니 일찍부터 야구를 보러 나온 사람들이 많았다. 서울을 연고지로 둔 두 팀의 대결이었는지 LG

와 두산의 유니폼을 입은 사람들이 가득했다. 잠시 발걸음을 늦춰가며 느긋하게 걸으려니 응원 분위기에 맞추어 살짝 흥이 오르는 게 느껴졌다. 조금 있으면 직장인들 퇴근 시간이니 경기장 주변으로 인파가 더 몰려들겠지. 그러면 퇴근길이 힘들어질 것 같아 멀리서 분위기만 느끼다가 역 쪽으로 걸었다.

두 손 가득 먹을 걸 사 들고 신나게 매표소로 향하는 사람들 사이를 걷다가 덩달아 '오늘 저녁엔 치킨이나 시켜 먹을까' 하는 생각이 들었다. 평소에 야구를 좋아해도 야구장까지 와서 경기를 보는 건 생각지도 않았는데, 즐겁게 경기장으로 향하고 있는 사람들 모습을 보니 한 번쯤은 경기장에 직접 나와 구경하는 것도 나쁘지 않겠다는 생각이 들었다.

지하철 택배원처럼 크게 다를 것 없는 하루를 지내다 보면 기분이 저절로 처지기 마련이다. 특히 나처럼 나이가 들면 친구라고 부를 만한 사람도 줄어들고 새로운 사람을 만날 기회도 거의 없다. 그래서 이렇게 길거리에서 다양한 사람들을 마주하고 그 분위기를 느끼는 것만으로도 나에게는 색다른 하루가 되는 것이다. 멀어져가는 야구 경기장에서 응원가가 흘러나오는 소리를 들으며 역 안으로 들어갔다.

종합운동장역 안은 바깥보다 사람들이 더 많았다. 멀리서 봐도 어느 팀의 팬인지 확실히 알 수 있을 정도로 각 팀의 유니폼과 각종 응원 도구가 눈에 띄었다. 옛날에는 유니폼 같은 것도 없이 일상복을 입고 목이 터져라 응원하고 신문지를 찢어서 흔드는 게 전부였는데, 언제

부턴가 스포츠 경기의 응원 문화도 참 다양해진 것 같다.

오늘 경기에서는 분명 한 팀만 이길 수 있을 텐데, 기대에 부풀어 응원하러 온 관중들을 보니 두 팀 다 이겼으면 좋겠다는 실없는 생각이 들었다. 열차가 도착하고 문이 열리자 관중들이 쏟아져 나왔다. 썰물처럼 왁자지껄함이 빠져나간 자리에 조심히 올라탔다. 빈자리는 많았고 열차 안은 언제 그랬냐는 듯 고요했다.

대학생으로 보이는 여학생 두 명이 옆에 나란히 앉았다. 오랜만에 느껴본 생기 넘치는 장면들을 곱씹다 보니 옆자리 두 여학생의 대화가 귀에 들어왔다.

"우리나라 사람들 어디를 가도 응원은 1등 할 것 같지 않니?"

좀 전에 빠져나간 야구팬들을 두고 하는 말이었다. 나도 모르게 공감해서 입꼬리가 살짝 올라간 채로 자연스럽게 두 사람의 대화에 집중하게 되었다. 각종 스포츠 경기부터 가수의 콘서트 응원 열기까지 늘어놓다가 이야기가 마무리될 때쯤 한 친구가 이런 말을 했다.

"그래도 보고 있으면 에너지가 느껴져서 좋아."

"어쨌든 같은 편이니까 다행이지, 다른 편이었으면 보고만 있어도 지칠 것 같아."

소곤소곤 나누는 대화를 귀 기울여 듣다 보니 문득 이들의 기억 속에 2002년 월드컵 때 '붉은 악마'의 추억이 있는지 궁금해졌다. 두 사

람이 계속 이야기하는 응원 열기의 원조는 '붉은 악마'라고 생각하는 데, 둘의 대화에서는 전혀 언급이 없어 나의 오지랖이 슬슬 시동을 걸었다. 내가 끼어드는 게 불쾌하지는 않을까 조심스러웠지만, 자신들의 이야기를 귀 기울여 듣고 있는 나를 언뜻언뜻 쳐다보며 미소 짓는 그들을 보고 용기를 내서 말을 붙여보았다.

"저, 학생들 혹시 붉은 악마 알아요?"

나의 뜬금없는 질문에 잠시 당황한 두 사람이 나를 빤히 쳐다봤다. 뭐 하는 할아버지인지 궁금해하는 눈치였다.

"얘기하는 게 들려서 조금 들었는데. 2002년 월드컵 때 붉은 악마를 아는지 궁금해서…."

내가 말을 끝내기도 전에 두 사람이 서로를 쳐다보며 웃음을 터뜨렸다. 영문을 몰라 쳐다보니, 한 친구가 설명을 해줬다.

"저희가 2002년생이라 자라면서 그 얘기를 진짜 많이 들었어요."

"2002년생이 대학생이에요?"

"할아버지, 그 얘기도 귀에 딱지가 앉을 정도로 들어요."

2002년에 태어난 아이가 대학생이 되었다는 사실이 믿기지 않았다.

"그럼, 2002년 월드컵을 못 봤겠네! 그게 진짜 재미있었는데."

그러자 옆자리에서 "할아버지~ 당연히 못 봤죠!"라는 대답이 탄성 터지듯 들렸다.

젊은 두 친구 덕분에 헤어지기 전까지 이런저런 얘기를 재미있게 할 수 있었다. 2002년 월드컵 거리공연을 딱 한 번 느끼고 싶다는 하소연에 실감 나게 그 당시의 상황을 얘기해주었다. 남녀노소 안 가리고 집에서 빨간색 옷이라면 죄다 입고 나와 길거리에서 다 같이 목이 터져라 응원하던 그 시절. 다 함께 우리 편을 응원한 기억이 있어서 지금까지도 누군가를 열렬히 응원하는 에너지가 솟아나는 건 아닐까 싶다는 내 생각을 덧붙이며 이야기를 마쳤다.

"할아버지, 요즘 공연장이나 야구장에 가면 또 새로운 게 많아서 재밌으실 거예요."

"안 그래도 오늘 보니까 좋아 보여서 한번 가봐야겠다고 생각했어요."

환승역에 도착해 내릴 준비를 하는 나에게 두 학생이 조언을 해주었다. 생각지도 못했던 것이다. 젊은 친구들에게 내 시절 얘기를 해주는 것도 좋지만, 나 역시 지금 젊은이들이 경험하는 것들을 해보고 같이 이야기 나누며 공감해보는 것도 좋겠다는 생각이 들었다. 그렇다면 내 세계가 좀 더 넓어지지 않을까.

아름다운 한강을 만나는 행운

높은 빌딩 숲에 있다가 탁 트인 한강을 만나면 깊은숨을 들이마시고 내쉴 여유가 생긴다. 지하철 배송 중에 운치 있는 한강 위를 지나가는 열차를 타게 되면 그 순간을 놓치지 않으려고 창밖을 주시한다.

그날도 온종일 서울 곳곳을 두 발로 누비며 다니다 집에 가는 길이었다. 평소보다 일찍 일을 마친 날이어서 하늘에는 아직 해가 떠 있었다.

2호선이 강남에서 강북으로 향하는 당산철교를 지나는 순간 지는 노을의 모습에 빨려 들어가듯 시선을 빼앗겼다. 붉게 물든 서울 하늘과 그 아래 노을빛이 반사된 강물의 일렁임까지, 저물어가는 한강이 이렇게나 아름답다니… 열차가 다시 지하로 들어가 어두컴컴해진 창에 내 모습이 비치고 나서야 시선을 거둘 수 있었다.

그렇게 나만의 작은 힐링의 순간을 간직하며 지내왔는데, 다른 사람에게도 한강 철교를 지나는 시간이 위로가 된다는 걸 깨달았다. 지하철이 당산 철교에 오르는 순간 기다렸다는 듯 기관사의 안내 방송이 울려 퍼졌다.

"오늘 하루도 수고 많으셨습니다. 저희 열차의 왼편으로 한강에 예쁜 노을이 물들었습니다. 근심과 걱정은 지하철에 두고 내리시고, 지금 보이는 자연의 예쁜 풍경만 가져가시길 바랍니다."

예쁘게 물들었을 한강을 기다리며 창밖을 주시하고 있던 나는 안내 방송을 듣고는 깜짝 놀랐다. 마치 내 마음을 기관사가 들여다본 것 같아 괜히 주변을 두리번거리다가 이내 기관사의 담담한 어투에 나도 모르게 함박웃음이 났다.

탁 트인 하늘, 노을이 비쳐 연보랏빛으로 물든 한강의 일렁임, 그리고 반짝이는 여의도의 국회의사당까지 그야말로 장관이었다. 서울에서 볼 수 있는 풍경 중 가장 아름다운 장면이 아닐까.

안내 방송을 들은 몇몇은 무슨 말인지 어리둥절하다가 그제야 눈에 들어온 노을 진 한강을 보고 옅은 미소들을 지었다. 핸드폰에 얼굴을 묻고 있다가 이런 풍경을 못 보고 지나친다면 얼마나 아쉬울까.

그나마 기관사의 안내 방송 덕분에 몇 사람이라도 노을로 물들어가는 한강의 아름다운 모습을 놓치지 않고 볼 수 있었을 거라 생각하니 다행스러웠다. 안내 방송 덕분에 지쳤던 하루를 보상받고 따뜻한 마음으로 마무리하는 느낌이었다.

생각해보면 기관사 역시 온종일 어두컴컴한 지하를 다니다가 지상으로 올라와 노을빛에 물든 아름다운 한강을 보는 순간 얼마나 가슴이 벅찼을까 공감이 되었다. 얼굴 한 번 본 적 없는 기관사와 나는 지하철이 한강을 지나기만을 목 빼고 기다리는 사람들이라는 공통점이 있었다.

평소와 다름없이 무의미한 하루를 보냈다고 생각하는 순간, 보상처럼 주어진 풍경과 누군가의 따뜻한 위로가 그날을 충만하게 만들었다.

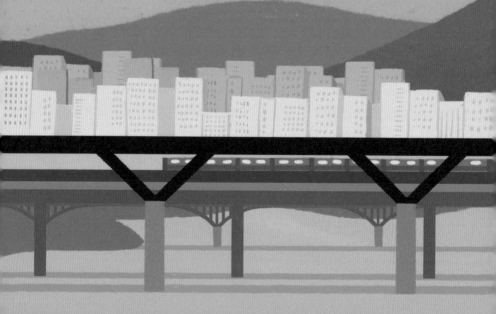

나 때는 말이야…

길을 걷다 보면 깜짝깜짝 놀라는 일이 자주 있다.

'뭐야 이 건물 어디 갔어?'

불과 몇 달 전만 해도 서류 배송을 나갔던 건물이 없어지고 어느새 처음 보는 새 건물이 들어서 있다. 바쁘고 빠르게 변화하는 현대 사회의 중심, 서울에서는 건물들이 눈 깜짝할 새 없어지고 새로이 들어선다. 엄청난 크기의 건물이 사라지고 없어지는 것인데도 마치 잔디밭에 잡초 뽑듯 간단하게 느껴진다. 매일 길 위를 걸어 다니는 게 직업인 나로서는 놀랄 일투성이이다.

도시의 변화무쌍함에 맞춰 시대별로 지하철의 모습도 많이 바뀌었다. 시민들의 발이 되어주기 위해서 사람들이 많이 사는 곳에 새로운 역이 생기기도 하고, 새로운 노선이 생기기도 한다. 지금 수도권을 지나는 지하철 노선만 해도 23개나 된다고 한다.

    '서울운동장역'을 기억하는 사람들이 몇이나 될까? 서울운동장역은 동대문운동장역으로 이름이 바뀌었다가 언젠가부터는 동대문역사문화공원역으로 불린다. 같은 자리에 있던 똑같은 역이지만 부르는 명칭만 3번째 바뀐 것이다. 가끔 이곳으로 주문을 받으러 가는데, 'DDP' 혹은 '동역사'라고 표기되어 있는 경우가 종종 있다. 주문을 넣는 이의 마음이니 그들이 평소 부르는 대로 표기하는 것이다.

    처음에는 낯선 역 이름 때문에 '내가 모르는 역이 신설되었나' 혼란스러웠다. 뉴스나 신문에서 역명이 바뀌었다는 소식을 접한 기억이 없어 침착하게 인터넷으로 찾아보았다. 검색 결과, 두 명칭은 '동대문역사문화공원'을 의미하는 영어 표현과 그것을 줄여서 부르는 말이었다.

    같은 장소, 같은 역이지만 세월이 흐르면서 명칭만 몇 번째 바뀌었다. 이제는 그 사실을 모르는 이들이 더 많을지 모르지만, 나처럼 그 시간의 역사를 다 기억하고 있는 사람도 분명 있을 것이다. 그들도 나처럼 '똑같은 걸 왜 굳이 다르게 부를까'라거나, '세월이 참 무색하네'라고 생각하지 않을까.

나날이 편리해지는 세상 속에서 "요즘 세상 참 좋다."는 말이 절로 나오다가도, 사라져가는 옛것을 생각하면 변덕스러운 마음이 드는 건 어쩔 수 없다.

지금 동대문역사문화공원에는 예전 운동장일 때 사용하던 조명탑 3개가 달랑 남겨져 있어 그곳의 옛 모습을 짐작케 한다. 그 옆에는 '동대문운동장기념관'이 새로 생겨서 그 자리의 역사를 말해주고 있다.

나는 이 공간의 산증인이기도 하다. 내가 10대 때, 그러니까 60년대에는 여름 피서를 동대문운동장 수영장으로 자주 갔었다. 서울 시내에 있던 야외 수영장이라 접근성이 좋아 피서를 즐기는 사람들로 바글바글했다.

"서울 시내에 야외 수영장이 있었어요?"

나의 어린 시절 추억 이야기를 꺼내면, 그 시절 서울에 야외수영장이 있었냐며 다들 놀랍다는 반응이다.

강산이 몇 번 바뀌면서 서울도 빠르게 변했다. 지금 동대문역사문화공원에는 세계적인 건축가가 설계한 회색빛 UFO처럼 생긴 곡선형의 건물이 자리하고 있다. 볼 때마다 그 생김새에 고개를 갸웃거리지만, 곡선으로 이뤄진 건물이 하중을 잘 견디는 건 보면 신기하기만 하다.

고척돔이 새로 생겼을 때도 우리나라에 드디어 돔형 운동장이 들어서는구나 싶어 감개무량했다. WBC나 월드컵 경기 때 보는 어마어마한 규모의 일본 도쿄돔의 모습이 부러웠기 때문이다. 발전하고 있는 우리나라의 모습을 면면이 들여다볼 수 있는 것은 지하철 택배원이라는 직업의 장점일 것이다.

어쩌다가 젊은이들을 만나 이야기 나눌 순간이 오면 보따리장수가 보따리 풀어내듯 이야기 보따리를 풀곤 한다. 주섬주섬 꺼낸 옛이야기에 대부분 박물관에서나 볼법한 이야기라고 맞장구쳐주면 그 모습을 바라보는 재미가 있다.

지하철에서 종이 티켓을 사용하던 것도 엊그제 같은데 젊은이들은 금시초문이라고 할 것이다. 2009년 이후로 서울 지하철은 종이 승차권이 없어졌으니 벌써 몇 년이 흘렀다. 매일 아침 매표소에 길게 줄을 서서 역무원에게 목적지를 말하면 승차권을 내주곤 했다.

지금 생각하면 불편해서 어떻게 살았나 싶지만, 그때는 그런 게 불편한 줄도 모르고 지냈다. 혹시나 승차권이 구겨지거나 물에 젖지 않을까 조심스럽게 지갑이나 주머니에 넣어 다니던 것도 이제는 추억이 되어버렸다.

또 뭐가 있을까.

그 시절엔 지하철 안에서 볼 수 있는 게 신문밖에 없었다. 스마트

폰도 MP3도 없던 그 시절, 지하철 역내에 신문가판대가 설치되어 있어서 오가다가 커다란 특종 기사라도 눈에 띄면 신문을 한 장 사 들고 지하철 안에서 읽곤 했다. 옆 사람 보는 신문을 힐끗힐끗 넘겨다보다가, 눈이라도 마주치면 머쓱해져서 짐짓 딴청을 피우는 노인의 모습도 눈에 선하다.

나이가 들면 시간이 빠르게 지나간다고들 한다. 더구나 바쁘게 일을 하다 보면 하루가 쏜살같이 흘러간다고 느껴질 때가 많다.

변화무쌍한 도시 서울에서 매일 땅속과 땅 위를 넘나들며 길을 걷다가, 소리소문없이 달라진 거리의 풍경에 놀라 지나간 세월을 나의 기억 속에 서 꺼내본다. 그리고 가끔은 "라떼는 말이야."로 시작하는 이야기 보따리를 풀어내 주변 젊은이들의 눈이 동그래지는 것을 보고 싶다.

나 때는 말이야…

남몰래 흐르는 눈물

수많은 사람들이 무심히 타고 내리는 지하철에서는 아무도 나를 신경 쓰지 않는다. 지하철의 그 냉랭한 분위기가 편안하게 다가올 때가 있다. 지하철의 덜컹거리는 소리와 규칙적으로 섰다가 가기를 반복하는 움직임, 양옆에 누가 있어도 신경 쓰지 않는 사람들의 무심함. 그 안에 앉아있으면 사람들 속에서 온전히 혼자만의 시간을 가지게 된다.

지하철 택배원은 누구보다 지하철을 타는 시간이 많다. 그런 만큼 지하철에서 수많은 사람들의 다양한 표정을 만난다. 사람들로 가득 찬 열차 안에서 아무런 움직임과 표정도 없이 출퇴근길을 견뎌내는 사람들, 하굣길 친구들과 우르르 몰려와서 왁자지껄 웃으며 가는 학생들, 밤늦은 시간까지 야근을 하다 지친 표정으로 귀가하는 직장인들…. 여기까지는 어느 정도 예상할 수 있는 지하철 속 사람들의 모습이다.

지하철에서 만난 수많은 사람 중 눈물을 훔치며 소리 죽여 울던 사람들을 빼놓을 수 없다. 지하철에서 울어본 적이 있냐고 물으면 아마 생각보다 많은 사람들이 손을 들 것이다.

나도 집으로 가는 지하철을 타고 찔끔 눈물을 흘린 적이 있다. 악천후를 뚫고 3건의 주문을 마치고 집으로 가는 길이었다. 폭우가 쏟아져 우산에서는 비가 새고, 구두와 양말까지 흠뻑 젖은 상태로 몸도 마음도 지친 상태로 지하철을 탔다. 자리가 없어 한쪽 구석에 서 있었는데 나도 모르게 지하철에 앉는 순간 서러워서 눈물이 났다. 비에 쫄딱 젖어 울고 있는 노인을 다른 사람들이 불쌍하게 쳐다볼까 봐 황급히 눈물을 닦아내고 주변을 둘러보았다. 역시나 나를 신경 쓰는 이들은 없었다. 뜻밖에도 지하철의 그 무심함이 위안이 되었다.

한 번 그렇게 눈물을 경험하고 나니 가끔 지하철에서 소리 없이 우는 사람들을 봐도 그 마음이 이해되어 눈치채지 못하도록 가만히 지켜보기만 한다. 그러다가 그 사람이 눈물을 그칠 때쯤 시선을 거둔다. 소리 없이 터져나온 눈물을 잘 추스르고 고개를 들었을 때 아무렇지 않게 덜컹대며 달리는 지하철이 그 사람에게도 위로가 되어주길 바랄 뿐이다.

하루는 연착되어 오지 않는 1호선을 기다리고 있었다. 퇴근 시간보다 이른 오후 플랫폼엔 사람이 없어 한적했고, 고요한 역내에 안내방송만 울려 퍼졌다. 의자에 앉아서 기다리다가 지루해서 안전문 앞을 서성거리고 있는데 어디선가 흐느끼는 소리가 들려왔다. 나지막이 훌쩍이는 소리였지만 주변이 워낙 조용해 내 귀에까지 들린 것이었다. 우는 소리에 놀라 옆을 둘러보았더니 단정한 정장을 입은 젊은 여성이 안전문을 바라보며 울고 있었다.

순간 안 좋은 생각을 하는 건 아닌지 불쑥 걱정이 되어 젊은이 옆에 거리를 두고 서 있었다. 옆에 내가 있는 걸 몰랐던 젊은이는 울음을 그치고 고개를 들다가 나와 시선이 마주치자 당황한 것처럼 보였다. 이런 순간엔 말없이 다가가 휴지나 손수건을 건네주면 좋았겠지만 내 가방에 들어있는 건 각종 영수증과 수첩, 칫솔과 치약이 전부였다. 괜히 멋쩍어져서 웃음이 났다.

"내가 휴지가 없어서…."

뒷머리를 긁적이며 내가 어색하게 말을 붙였다. 젊은이는 양손으로 눈물을 쓱쓱 닦아내더니 밝은 목소리로 대답했다.

"괜찮아요… 괜히 눈물이 나서."

"미안해요. 걱정돼서 계속 지켜보고 있었어요."

젊은이는 괜찮다고 손을 저으며, 나를 안심시키고 싶었는지 묻지도 않는데 자신이 운 이유를 친절하게 설명해주었다. 원인은 다름 아닌 지하철 플랫폼 안전문에 쓰인 시 때문이었다. 젊은이가 가리킨 안전문에는 마치 엄마가 보낸 문자처럼 쓰인 시가 있었는데, 그 내용이 딱 취준생인 자신에게 하는 말 같아 순간 울컥했다고 한다.

그 젊은 여성을 눈물 짓게 만든 〈엄마의 인생 예보〉라는 시를 나도 옆에서 같이 읽어보았다. 어린 시절 등교하려고 집을 나설 때면 조금만 날이 흐려도 비가 올지 모른다고 우산을 챙기라고 다그치던 엄마가 생각난다는 내용이었다. 자주 빗나가서 정확도는 떨어졌지만, 매일매일 자식의 하루가 맑길 바라던 엄마의 마음이 깊게 전해졌다.

"아유, 시가 참 눈물이 나오게 생겼네요."

"그렇죠, 갑자기 엄마가 보고 싶어서… 이따가 연락하려고요."

간결하고 짧은 시에 가슴을 울리는 진한 감동이 있어서 취준생이라는 힘든 시기를 지나는 젊은이도 읽고선 울컥했던 모양이다.

"엄마한테 꼭 연락해요. 잊지 말고요."

타이밍 좋게 열차가 역으로 들어오고 자연스럽게 대화가 끝났다. 나는 빈자리에 앉았지만, 젊은이는 자리가 없어 맞은편에 서서 갔다. 얘기를 나눌 때는 몰랐는데 반듯하게 묶은 머리와 새것처럼 빳빳하게 주름 잡힌 정장을 보니 면접을 다녀오는 길인 듯했다.

이런저런 생각을 하다가 어두컴컴한 맞은편 창에 비친 내 모습이 눈에 들어왔다. 잔잔하고 무탈한 하루의 끝에 지하철에서 그렇게 혼자만의 생각에 빠진다. 문득 그리운 사람의 얼굴이 떠오르고, 지고 있던 삶의 무게에 고단함을 느낀다.

그날 이후로 안전문에 쓰인 시를 더 열심히 찾아 읽게 되었다. '지하철 시'는 공모전을 통해 선정된 시민들의 시를 역마다 설치된 안전문에 게시한 것이다. 아마추어들의 작품이 대부분이지만 솔직하고 담백한 시들이 많아 지하철을 기다리며 읽는 재미가 쏠쏠하다. 어려운 표현이나 그럴듯한 묘사 없이 간결하고 솔직한 글들이 매일 지하철을 타고 다니는 이들의 표정과 닮았다.

역시 글은 지은이가 누구인지, 작가가 유명한 사람인지 아닌지를 떠나서 읽는 사람에게 공감이 되는 게 가장 좋은 글이라는 생각이 든다.

지하철 예술가들의 세계

　대중교통의 매력이란 각양각색의 사람들 모습을 자연스럽게 관찰할 수 있다는 것이 아닐까. 거기에 직접 운전하지 않아도 목적지에 다다를 수 있으니 타고 가는 동안 자유롭게 시간을 쓸 수 있다. 물론 출퇴근 시간 붐빌 때는 실려 간다는 표현이 적합할 정도로 괴롭기도 하다.

　여유로운 시간대의 지하철 안에서는 꽤 신기한 장면들을 많이 볼 수 있다. 뭔가 자기만의 세계에 푹 빠진 사람들 모습이다. 옆에 누가 타고 내리든 아랑곳하지 않고 앉은 자리에서 고개를 박고 글을 쓰거나, 뜨개질을 하거나, 또는 그림을 그리는 사람도 있다. 나는 그들을 지하철 예술가라고 이름 붙였다. 그들 중에는 나처럼 나이 든 사람도 많아 나에게 좋은 자극이 되기도 한다.

뭔가 자기만의 세계에 빠져 열중하는 사람에게 다가가서 말을 붙이기란 쉽지 않다. 집중력을 흩뜨려서 떠오르는 영감이나 좋았던 느낌을 놓칠 수가 있으니까 말이다. 그래서 힐끔힐끔 쳐다보며 잠깐의 틈을 노린다. 잠깐 고개를 들어 창밖을 바라보거나 핸드폰에 알람이 울려 어쩔 수 없이 몰입을 방해하는 경우가 꼭 생기기 마련이다.

"글 쓰시는 게 취미인가 봐요?"

옆자리에 앉은 중년여성이 잠시 노트에서 시선을 떼는 순간 슬쩍 말을 걸어보았다. 이럴 때 다양한 반응을 예상할 수 있는데, 대부분 친절하게 몇 마디 나눌 여유를 내어준다. 나에게는 지하철 블로그에 쓸 소소한 일상이 추가되는 것이기에 내 취미 활동에 있어서 중요한 순간이다. 여성은 나의 물음에 생각보다 밝은 표정으로 쳐다보며 쾌활한 목소리로 대답했다.

"그럼요, 저한테 중요한 취미죠."

그녀는 묻지도 않았는데 노트를 펼쳐 보이며 그동안 써왔던 글들을 보여주었다. 글의 형식은 다양했다. 일기처럼 줄줄이 길게 쓴 것도 있지만 시처럼 짧게 쓴 글들이 대부분이었다.

"오늘은 쓰다 말았는데 아저씨 이야기도 써야겠네요."

"지하철에서 쓰는 게 안 불편해요? 나는 블로그 글을 집에서 쓰는 게 편하던데…."

"다들 잘 몰라서 그렇지, 지하철이 글쓰기 정말 좋아요. 집중이 얼마나 잘되는데요."

　대단한 비밀을 말하듯 목소리를 낮춰 말하는 여성의 입가엔 장난기 가득한 웃음이 걸려 있었다. 사실 그녀의 말처럼 지하철 안을 조금만 유심히 관찰해보면 많은 이들이 예술혼을 불태우는 걸 쉽게 볼 수 있다. 나는 핸드폰보다 컴퓨터가 편해서 블로그에 이것저것 쓰고 사진을 올리는 장소가 집으로 한정되지만, 요즘 시대엔 핸드폰만 있다면 어디든 앉아서 쓸 수 있으니 글 쓰는 장소의 제약이 없다.

　옆자리의 여성에게 서울시에서 주관하는 지하철 시 공모전에 도전하는 건 어떻겠냐고 물어보았다. 매년 시민을 대상으로 하는 시 공모전에 지하철에서 시를 쓰는 그녀의 글이 제격일 것 같아서였다. 그러자 뜻밖의 대답을 했다.

　"이미 제 시 걸려 있어요~ 저기 당산역 가면 볼 수 있어요."

　역시나 부지런히 자신의 꿈을 키워나가는 사람은 세상이 알아보는가 싶어 신기하면서도 조금은 부럽다는 생각이 들었다. 공모전에 당선했으니 엄연히 내 옆에 앉은 여성은 작가였다.

　"아주머니는 그럼 작가네요. 공모전 당선이니까."

　"에이, 그게 뭐라고. 그래도 저희 집 아이들은 작가로 불러줘요. 아저씨도 블로그 열심히 하세요. 어떻게 될지 누가 알아요."

　의미심장한 미소를 지으며 내 블로그 이름을 알려주고 도착한 역에 내렸다. 당시 내 블로그는 입소문을 타서 일일 방문객이 확 늘어났을 때라 한참 어깨가 높이 올라가 있던 시기였다. 주문 배송 중이라 길게 이야기를 못 나눈 게 마음에 걸렸지만, 블로그에 글을 쓰면 언젠가 그 여성이 찾아올지도 모르겠다는 생각이 들었다.

그 뒤로 종종 지하철역 안전문에 써진 시들을 볼 때마다 '혹시 이 시가 아닌가?' 하는 생각이 들곤 했다. 그리고 마음을 울리는 시들을 발견하면 사진으로 찍어서 블로그에 올리는 게 습관이 되었다. 별것 아닌 일상의 소소한 것들이 누군가에게는 자랑거리가 되기도 하고 모르는 사람과 이어주는 소통의 계기가 되기도 한다.

내 블로그는 그렇게 길에서 마주친 사람들, 지하철역에서 스쳐 지나간 사람들의 이야기로 가득하다. 그들은 대개 일상 속 잠깐의 틈을 이용해 자기만의 시간을 가꾸는 사람들이다. 자신이 가진 것 안에서 온전히 스스로에게 집중하며 꿈을 키워가는 모습이 얼마나 아름다운지 그들을 통해 알게 되었다.

그런 생각을 하며 오늘도 지하철 택배원은 퇴근 후 집에서 블로그에 일지를 쓴다.

꿈을 나르는 지하철

지은이 | 조용문
그린이 | 이경숙

책임 편집 | 김민주
디자인 | 한송이
마케팅 | 장기봉 이진목 김세희

인쇄 | 금강인쇄

초판 1쇄 | 2023년 12월 24일
초판 2쇄 | 2024년 1월 15일

펴낸이 | 이진희
펴낸곳 | (주)리스컴

주소 | 서울시 강남구 테헤란로87길 22, 7138호
전화번호 | 대표번호 02-540-5192
          편집부 02-544-5194
FAX | 0504-479-4222
등록번호 | 제2-3348

ISBN 979-11-5616-319-0 03810
책값은 뒤표지에 있습니다.

블로그
blog.naver.com/leescomm

인스타그램
instagram.com/leescom

유튜브
www.youtube.com/c/leescom

유익한 정보와 다양한 이벤트가 있는 리스컴 SNS 채널로 놀러오세요!

20년 차 헐랭이 농부의 시골 정착기

시골에 살길 잘했다

도시 생활에 지친 현대인들에게 힐링이 되는 그림 에세이. 농사는 못 지어도 시골살이의 낭만은 알차게 수확하는 헐랭이 농부의 시골 정착기가 아름다운 그림과 재치 있는 글로 펼쳐진다. 시골에서 비로소 삶의 여유와 행복을 찾았다는 저자의 이야기가 많은 공감을 준다.

김주형 지음 | 130×200mm | 16,800원

소소하지만 의미 있게, 외롭지 않고 담담하게

오늘은 이렇게 보냈습니다

〈카모메 식당〉의 저자 무레 요코가 들려주는 '컬러풀한 일상을 만들어가기 위한 삶의 힌트'. 평소 '물건 줄이기', '불필요한 것 하지 않기'를 실천하는 그녀가 요즘 하고 있는 것들, 먹고 읽고 보고 느낀 것들을 공개한다. 늘 익숙한 공간, 반복되는 일상 속에서도 즐거움과 기쁨은 얼마든지 발견할 수 있다는 깨달음을 주는 책.

무레 요코 지음 | 손민수 옮김 | 130×200mm | 16,800원

40년 출판 편집자의 행복 에세이

이제부터 쉽게 살아야지

40년 동안 일밖에 모르고 살았던 출판 편집자가 책장 밖에서 만난 행복에 관한 이야기. 정년퇴직 후 새롭게 발견한 삶과 아름다운 추억, 가족과 동료, 친구 이야기 등 일상 속에서 행복해지는 법을 따뜻한 글로 전한다. 한 줄 한 줄 읽으면서 함께 행복해지는 책이다.

엄희자 지음 | 264쪽 | 130×200mm | 14,000원

꽃과 같은 당신에게 전하는 마음의 선물

꽃말 365

365일의 탄생화와 꽃말을 소개하고, 따뜻한 일상 이야기를 통해 인생을 '잘 살아가는 방법'을 알려주는 책. 두 딸의 엄마인 저자는 꽃말과 함께 평범한 일상 속에서 소중함을 찾고 삶을 아름답게 가꿔가는 지혜를 전해준다. 마음에 닿는 하루 한 줄 명언도 담았다.

조서윤 지음 | 정은희 그림 | 292쪽 | 130×200mm | 16,000원

지하철 택배원이 바라본 세상 풍경
일상에 묻혀 지나친, 평범하면서도 따뜻한 사람 사는 이야기

"지금 지하철역으로 출근합니다"

"할아버지, 별꼴이야." 내 앞에 선 아이가 한 말을 듣는 순간 머리가 하얘졌다. 놀란 가슴을 억누르며 아이에게 물어보았다. "뭐, 별꼴이라고?" "아니요, 가게 이름이 '별꼴.이야.'라고요." 당연히 '벨코리아'가 상호일 것으로 생각했던 나의 고정관념이 산산이 부서진 순간이었다.

선뜻 발걸음이 떨어지지 않아 할머니와 강아지가 멀어질 때까지 그 자리에 서서 지켜봤다. 18년을 함께 살아온 세월이 할머니와 강아지의 뒷모습에 담긴 듯했다. 사랑하면 닮는다고 서로를 아끼는 뒷모습이 닮아 보였다.

"지금 고객님한테서 전화가 왔어요. 깜짝 이벤트인데 미리 알게 돼서 난감하다고요." 꽃집 사장님의 설명을 듣고 보니 기념일을 맞아서 상대방 모르게 꽃바구니를 선물하려던 거였는데, 내가 중간에 찬물을 끼얹은 것이다.

– 본문 중에서

값 17,000원
ISBN 979-11-5616-319-0 03810